die frau die fliegt

luisa

in Zusammenarbeit mit

lesbianchic

Erste Auflage | November 2021

Über die Autorin

Luisa ist bekannt als Redakteurin für das Online Magazin lesbianchic.de, das sich an Femmes, LGBTIs und Heteras im deutschsprachigen Raum richtet.

Impressum

Verantwortlich für den Inhalt & alleinige InhaberIn der Urheber- und Nutzungsrechte:

Luisa Hoffmann
Am Saidenbach 20
09618 Mittelsaida

ISBN: 978-3-9822328-5-0

Vorspiel

Schlafe, schlafe Göttin süß,
derweil ich wache bei der Tür,
trunken noch vom Elixier,
das sie mich kosten ließ.

Verliebt in kühle, rote Bänder
tanzt sie ob der Sippe Brauch
über Seen, Felsen, Länder.
Tanzen, Göttin, will ich auch.

Ruht sie nun...

Toni unterbricht sich darin, das Ende ihres Bleistiftes zu zerkauen, und schlägt ihr Notizbuch zu, als die Kellnerin ihr neugierig über die Schulter späht.

„Jedes Mal, wenn du hier bist, sehe ich dich über dieses Buch gebeugt. Bist du Schriftstellerin?"

Um diese Frage zu beantworten, müsste Toni weit ausholen: Zuerst müsste sie die Notwendigkeit von Berufsbezeichnungen philosophisch infrage stellen, dann ihre komplizierte Lebenssituation erläutern und in den Raum werfen, ob jemand, der gelegentlich Gedichte in ein Notizbuch kritzelt, sich schon als Schriftstellerin bezeichnen dürfe. „So etwas in der Art", sagt sie.

Das „Wow!" der Kellnerin fühlt sich unverdient an und

Toni ist froh, als sie sie wieder von hinten sieht. Einerseits weil bei diesem Anblick jedes Mal ein Cappuccino vor ihr auf dem Tisch steht – und auch, weil ihr Hintern dafür modelliert ist, die Fantasie anzuregen.

„Hey!" Gefolgt von der Flut ihrer wirbelnden braunen Locken, gleitet Mascha aus ihrer Jacke und neben Toni. „Was für ein Tag. Ich wäre viel früher da gewesen, hätte Mister Nadelsteifen nicht seine Redezeit überzogen. Wie bei jeder verfluchten Konferenz. Weißt du, ich hasse diesen Job. Gleich morgen…"

„…geh ich zu Mister Nadelstreifen und knall ihm meine Kündigung auf den Tisch", vollendet Toni den Satz ihrer Freundin.

„Diesmal meine ich es ernst. Eine heiße Schokolade bitte!", ruft Mascha, während die Kellnerin schon mit der dampfenden Tasse kommt.

Grinsend schiebt Toni Notizbuch und Stift in die Umhängetasche, die an ihrer Stuhllehne baumelt, und macht gedanklich ein Häkchen hinter Gesprächsthema Nummer eins. Mascha ist die Konstante in Tonis Leben. Immer liebenswert, immer unzufrieden und so hetero, dass es beinahe wehtut. Die Frau, die in ihrem Lieblingscafé immer das Gleiche bestellt. Die Freundin, von der sie hundertprozentig weiß, dass sie sich nie ineinander verlieben werden, und vor der ihr darum gar nichts peinlich sein muss. Geduldig lässt sie Mascha über ihren Chef herziehen, obwohl sie beide wissen, wie gerne sie ihm in Wahrheit den Nadelstreifenanzug vom Leib gerissen hätte.

„Lochen Sie bitte diese Dokumente", äfft Mascha ihn nach. „Hallo? Mache ich meinen Master, um dann der Praktikantin die Arbeit wegzunehmen? Am liebsten hätte ich ihm den Stapel...", und gestenreich deutet sie an, wie sie ihm die Akten samt Locher in den Rachen stopft.

„Was hast du ihm geantwortet?"

„Ja, Chef."

„Nein!" Jammervoll wringt Toni die Hände gen Himmel. „Beim nächsten Mal sagst du: Wie wäre es, wenn Sie stattdessen mich lochen?" Ihre wohlwollenden Spötteleien sind wie Salbeibonbons bei einer Erkältung: keine Hilfe, tun aber gut. Zwar errötet Mascha bis an den Haaransatz, doch sie kichert, löffelt die Sahne von ihrer Trinkschokolade und schon läuft die Welt wieder in den Fugen.

„Was ist mit dir? Triffst du dich noch mit dieser Journalistin?"

„Gelegentlich. Sie ruft nicht mehr so oft an wie früher."

Prüfend legt Mascha den Kopf schief. „Du hast wieder eine Neue kennengelernt. Stimmt's?"

„Sie ist Schauspielerin am Theater. Ich gehe heute Abend das erste Mal zu ihr."

„Wie alt ist sie?"

„Fünfunddreißig." Weil Mascha sich an ihrer Schokolade verschluckt, fügt Toni hinzu: „Mister Nadelstreifen ist auch älter als du."

„Das ist was Anderes", hustet Mascha. „Bei einem reichen Unternehmer fallen zehn Jahre nicht so sehr ins Gewicht. Aber eine Schauspielerin..."

„Mir wär's auch schnurz, wenn sie sechzig wäre und Operettensopran. Celine ist eine interessante Frau."

Sofort drängt sich lebhaft und farbig die Erinnerung an ihre erste Begegnung auf Tonis innere Kinoleinwand: In ihrem Abendkleid aus Satin stand Celine im Foyer des Theaters. Aschblonde Wellen, Stilettos und eine Hüfte, die Toni am liebsten mit beiden Händen gepackt und auf ihren Schoß gedrückt hätte. Celine war gerade in ein Gespräch vertieft. Sie hat ein Lächeln, das auf der Haut prickelt wie Perlen an einem beschlagenen Sektglas. Bis zu diesem Moment hatte Toni es bereut, nicht in der Pause der Hamlet Premiere verduftet zu sein. Die Regisseurin hatte einen Bottich mit Wasser auf die Mitte der Bühne setzen lassen, um Ophelia splitternackt beim Ertrinken zeigen zu können. Dabei hatte Shakespeare die Nachricht von ihrem Tod absichtlich in einen Dialog gepackt, um der armen Ophelia nicht auch noch das letzte Krümel Würde zu entreißen. Und wer war auf die Idee gekommen, sie vorher mit Kunstblut einzureiben?

Gerade als Celine sich von ihrem Gesprächspartner verabschiedete, ging Toni an ihr vorüber und ließ wie zufällig ihre Handtasche fallen, das Übliche eben. Wie ungeschickt von mir, vielen Dank für Ihre Hilfe, Hände berühren sich zum ersten Mal, wieso duzen wir uns nicht, mein Name ist Toni, ihr Name ist Celine. Etwas leuchtete auf in ihren Augen, als Toni vor ihr stand. Vielleicht war es das Spiegelbild des Lichtblitzes, der das Raum-Zeit-Gefüge um sie herum zerriss.

„Hat dir die Inszenierung gefallen?"

„Ja", sagte Toni schnell, zögerte. „Wem mache ich etwas vor? Die eingebaute Szene, in der Ophelia ertrinkt, finde ich grotesk."

Celines Schultern bebten vor Lachen. „Alle haben ihr gesagt, dass es Mist ist, aber die Regisseurin wollte es unbedingt machen." Das Eis war gebrochen, der Rest Geschichte. Es fiel Toni noch nie so leicht, Worte zu finden.

„Ich werde gleich mit meinen Kollegen zusammen auf die Premiere anstoßen", sagte Celine. „Möchtest du mich begleiten?"

Toni tat so, als prüfe sie kritisch die Uhrzeit auf ihrem Smartphone, während sie mit der Frontkamera ihr Makeup kontrollierte. „Wieso nicht?" Und irgendwann gegen ein Uhr morgens in einer Bar im Theaterviertel war der Augenblick gekommen, in dem Toni sagen musste, dass sie manchmal für Geld mit Frauen schläft. Celine reagierte nicht abgestoßen, sondern fasziniert. Gegen drei Uhr bot sie Toni an, ihre Telefonnummern auszutauschen.

Celine versteht die Bedeutung der Sprache hinter den

Worten, da ist sich Toni sicher. Wie gern würde sie ihr die Verse zeigen, die sie in ihrem Notizbuch gesammelt hat - auch auf die Gefahr hin, dass ihre Kritik Toni in eine endgültige Schaffenskrise stürzen wird. Celine gibt sich nicht mit weniger zufrieden, als sie für das Beste hält. Keine Kompromisse, keine Notlügen oder falsches Lob, um einer angespannten Künstlerseele einen Gefallen zu erweisen. Alles an ihr ist pur. Ihre Erscheinung, ihr Leuchten, ihre Größe beförderten Toni umgehend und willig zu ihren Füßen, vom ersten Augenblick an.

Tonis schlanke Finger dirigieren den Löffel durch den Cappuccino. Versunken lauscht sie dem Klirren, als das Metall den Bauch der Porzellantasse streift.

„Hast du dich verliebt?", fragt Mascha.

„Ich liebe jede dieser Frauen, solange sie bei mir sind. Das weißt du."

„Aber diesmal ist es anders." Halb fragend, halb wissend, lächelt Mascha. „Hast du schon etwas über sie in dein Notizbuch geschrieben?"

Erwischt. Tonis Ohren färben sich rosa. „Das hat nichts zu bedeuten. Sie ist inspirierend und sieht zum Niederknien gut aus - aber das könnte ich auch von tausend anderen Frauen sagen." Sie unterdrückt ein Seufzen. „Ich kenne mich. Ein paar Wochen lang finde ich sie interessant. Vielleicht fühlt es sich sogar an wie Liebe, wenn wir zusammen sind. Aber es wird vorübergehen und ich werde ihr nicht nachtrauern."

„Na, wenn du dir *so* sicher bist. Du weißt, ich könnte nie mit jemandem Sex haben, den ich nicht liebe. Erst recht nicht gegen Geld."

„Lalalala!", macht Toni, um den letzten Teil des Satzes zu übertönen. „Lauter, ich glaube in Hamburg hat man dich noch nicht gehört."

Entschuldigend berührt Mascha ihren Arm. „Ich frage mich nur, wie du überhaupt erkennen willst, dass es Liebe ist, wenn jedes Mal dieses... Thema im Raum steht. Vielleicht triffst du eines Tages jemanden, bei dem es keine Rolle mehr spielt. Jemand, den du unbedingt in deinem Leben haben willst, für den Rest der Zeit, ganz egal was es kostet."

Mascha liest eindeutig zu viele Chick Lit Romane, findet Toni. Solche, in denen am Ende Schwüre für die Ewigkeit getauscht werden oder der männliche Protagonist seiner Angebeteten zumindest einen Heiratsantrag mit roten Rosen macht. Für Toni sähe so ein Happy End ganz anders aus. Statt der Verlobungsringe gäbe es vielleicht Handschellen und statt brav miteinander anzustoßen, würde sie ihrer Liebsten den Champagner aus dem Bauchnabel lecken. Sie wird sich keinen Keuschheitsgürtel umbinden und sich für den einen Menschen aufsparen, nicht mal wenn die Hölle gefriert.

„Ja", sagt sie, um Mascha einen Gefallen zu tun. „Vielleicht hast du recht."

Kapitel 1

Der Himmel zwinkert ihr zu. Ein einzelner Stern schwebt über dem abendroten Horizont. Aus dem Hinterhof steigt der Geruch warmen Asphalts und abendlicher Melancholie zu ihnen auf. Toni muss sich am Geländer des Balkons festhalten, um nicht vor Glück davonzufliegen.

Eine Tasse Tee in der Hand, schmiegt Celine ihr Becken an Tonis Hintern. „Ich habe die Vorhänge zugezogen. Dieser Spanner drüben aus der elf kriegt von mir keine gratis Vorführung."

Wie auf Kommando bewegt sich die Gardine an einem Fenster des gegenüberliegenden Blocks.

„Dann hast du vor, verbotene Dinge zu tun, die keiner sehen darf?", neckt Toni und Celines spitzbübische Kichern an ihrer Schulter zaubert ihr eine Gänsehaut.

Dieser Moment wird nie zur Gewohnheit. Diese honigsüße Gewissheit, dass du kurz davorstehst, mit jemandem zu schlafen. Manchmal geschieht es plötzlich, ein Blitzlicht mit Signalton. Meistens stellt die Erkenntnis sich allmählich ein, wird klarer mit jeder Geste und jedem vertrauten Wort.

Celine besteht auf erstere Variante - sie will oder sie will nicht. Dazwischen gibt es nichts, kein Raum für Nährboden, auf dem Begehren wächst. Boom. Blitzlicht.

Aber Toni gewöhnt sich nur langsam an den Gedanken, der dem Gefühl folgt.

Diese Frau gestattet ihr, sie zu berühren. Jedes Mal, wenn das geschieht, kommt es ihr wie ein Wunder vor. Bis die Hände, die sich in Laken krallen, der Verlauf des Schlüsselbeins, die Art ihrer Schreie und der Geschmack ihres Geschlechts Toni vertraut werden und der Zauber nachlässt.

Aber noch ist es nicht so weit. Celine ist eine Schatzinsel, die unerforscht vor ihr liegt.

„Komm rein. Komm zu mir." Ihre Brüste sind weich, ihre Stimme ganz nah und kehlig. Celines Finger fahren Tonis Nacken empor, verfangen sich in ihrem schwarzen Haar, ziehen sie ins Schlafzimmer.

Alles ist möglich, nichts verboten. Wenn Toni an die vielen ersten Male zurückdenkt, die vielen Momente der Anziehung, die sich aufbaut, flirrt, explodiert und in goldenen Funken auf sie niederregnet, ist es jedes Mal anders gewesen. Immer neu, immer aufregend.

Celines Körper unterscheidet sich nicht von denen der Frauen, mit denen Toni vor ihr zusammen war. Brüste und Beine sind immer an erwarteter Stelle, das Ziel immer dasselbe. Wie sie seufzen, sich aufbäumen, sich entladen und der Funkenregen Tonis Haut versengt. Und dennoch gibt es tausend Unterschiede.

Die Art, wie Celine ihr Haar löst und es über ihre Schultern fällt. Ihr hohes Seufzen. Die Art, wie sie Toni unter halb geschlossenen Lidern beobachtet. Das Vergnügen, das es ihr bereitet, Toni dazu zu reizen, sich gehen zu lassen, mehr und mehr.

„Es reicht mir nicht, dich auszuziehen", sagt sie. „Ich will, dass alles, was dich ausmacht, ganz nackt und bloß vor mir liegt." Ist es das, was man Bettphilosophie nennt? Ein Gedanke, der wie eine Luftblase aus dem Meer aufsteigt, aus ungewisser Quelle, doch mit unabwendbarem Ziel.

...ruht sie nun in weichen Laken,
wo kein Windhauch ihrer zürnt
darf die Dienerin es wagen,
zu küssen ihre heiße Stirn.

Ein erfüllter Wunsch gebärt
süchtig wachsendes Verlangen.
Erbarme dich und nimm gefangen
den Wunsch, der meine Seele nährt.

„Ist das neu? Wann hast du das geschrieben?" Sachte reibt Celine ihre Wange an Tonis Schulter, während sie die gekritzelten Zeilen zu entwirren versucht.

„Den ersten Teil heute Vormittag, die letzte Strophe gerade eben."

„Lies mir vor." Sie zieht die Bettdecke enger um ihren nackten Körper. Ein Schmetterling, der zuhört, wie die Raupe vom Fliegen schwärmt. „Das ist zauberhaft, Toni. Jetzt bin ich eifersüchtig auf diejenige, die dich dazu inspiriert hat."

„Das warst du."

„Wirklich?" Ihr Kuss ist wie ein Überfall. Ein überschwänglicher, egoistischer Kuss, der etwas in Toni anrührt. Das drängende Verlangen, dieser Frau mehr zu geben, als sie aushalten kann. Sie zu überfluten mit Versen, Küssen und brennender, fleischlicher Lust.

„Weißt du, ich bin neugierig. Ich würde zu gern wissen, wie deine anderen Geliebten sind", flüstert Celine. „Schau mich nicht so an, ich habe doch nichts Böses gesagt." Sie zieht Tonis Kopf an ihre Brust und streichelt ihre Schläfen.

„Wieso willst du das wissen?" Ein Ohr über Celines Herzen, eines unter ihrer Hand, dröhnt Tonis eigene Stimme dumpf durch ihre Zellen.

„Ich bin Schauspielerin", vibriert der Brustkorb, an dem sie lehnt. „Das Leben interessiert mich. Wäre es mir gleichgültig, müsste ich... weiß nicht, Rechtsanwältin sein."

„Ich kenne eine Anwältin und dass sie dem Leben nicht gleichgültig gegenübersteht, ist ihr größtes Problem."

„Sag ich ja. In manchen Berufen macht dich das kaputt", erwidert Celine. „Du kennst also eine Anwältin. Wie ist sie so? Älter als ich? Brünett, verheiratet, kinderlos?"

„Vergiss es", schnauft Toni.

„Steht sie auf Dildos? Liegt sie gern oben oder lässt sie

sich lieber von dir nehmen?"

„Hör schon auf."

„Ach, bitte!" Während eine Hand Tonis Kopf an diese appetitliche Oberweite presst, gehen die Finger der anderen auf Wanderschaft.

„Sie kann Dildos nicht leiden", gibt Toni zu. „Und sie ist geschieden, falls dir das weiterhilft."

Celines Nägel necken Tonis schlanke Hüften und arbeiten sich langsam über ihren Bauch nach unten. „Und habt ihr es in der Kanzlei getrieben? Du unter dem Schreibtisch und sie..."

„Kein einziges Mal."

„Dann bei ihr zu Hause?"

„Hotel." Halbherzig versucht Toni, Celines absichtsvollen Fingern zu entkommen, die ihr Ziel schon fast in Besitz genommen haben.

„Wie redet sie, wenn du bei ihr bist? Stöhnt sie in Paragrafen oder steht sie auf Gossensprache im Bett?"

„Hm, nein. Sie redet ganz normal."

„Wie oft seht ihr euch?"

Tonis Knie fallen auseinander. Sie hat es aufgegeben, Celine zu widerstehen. Immerhin nennt sie keine Namen und sowas wie eine Schweigepflicht hat sie auch nicht unterzeichnet. „Wir treffen uns nicht mehr. Das war vor ein paar Monaten."

„Wie viel hat sie dir gezahlt?"

„Frag nicht. Nicht jetzt."

Offenbar nimmt Celine Tonis Bitte nicht ernst. Vielleicht glaubt sie, sie wolle kokett den Preis für die Nacht in die Höhe treiben. Also zerreißt sie den verletzlichen Schleier des Moments, indem sie nachsetzt: „Sag schon, Süße. Was ist dein Preis? Oder schickst du mit später eine gesalzene Rechnung, nachdem du mich verführt hast?"

Plötzlich schnappen Tonis Beine zusammen wie die einer Schere. Fort sind Celines Hände, fort das Gefühl, in das sie eben noch getaucht war. Wäre sie Raucherin, würde sie sich jetzt auf dem Balkon eine Zigarette anstecken, dem Spanner aus der elf die schöne Aussicht gönnen und sich danach verkrümeln. Scheiß auf das Geld.

„Entschuldige", lenkt Celine ein, zu spät. „Was hast du denn erwartet? Wird dir die Frage sonst nie gestellt?"

„Aber nicht so!" Auf der Suche nach ihrer Hose taumelt Toni durch das Halbdunkel und holt sich einen blauen Fleck an der Kommode. „Ich bin keine Hure."

„Das weiß ich doch. Hey, sorry..."

„Ich bin keine Hure!"

Kapitel 2

„Es war verkehrt, alles verkehrt." Das Wasser ist viel zu heiß, doch Toni zieht den Fuß nicht zurück. Sie lässt sich in die Badewanne sinken, das Handy am Ohr. Ihre Stimme ist brüchig, als stünde sie bei Hagel und Gewitter an ihrem eigenen Grab. „Wieso passiert mir das immer wieder?"

„Nimm's mir nicht krumm", sagt Julia (beliebtester Mädchenname des Jahres 1994) am anderen Ende der Leitung, „aber ich hör das nicht zum ersten Mal."

„Wieso fragt sie mich, was andere mir dafür zahlen? Wieso?" Toni kann hören, wie Julia sich seufzend über den von heublonden Stoppeln bedeckten Schädel streicht. „Immer wieder überrascht, hm? Ich sag's dir nochmal: Du musst dich entscheiden. Entweder ist sie ne Freierin oder ne Geliebte. Entweder nennst du ihr deinen Preis, gleich ganz am Anfang, bevor du dir überhaupt die Schuhe ausziehst, oder du erwähnst es gar nicht."

„Das ist nicht so einfach." Mit dem Handrücken wischt Toni sich die Nase trocken. „Sie soll nicht denken, ich würde nur mit ihr flirten, weil ich Geld brauche. Es ging mir nicht nur *darum*. Ich genieße es, mich mit ihr zu unterhalten - über Poesie, das Theater und alles, was dich und Mascha nicht interessiert. Beim ersten Mal wollte ich auch noch keine Bezahlung... aber eine Geliebte brauche ich so dringend wie einen Schwimmring in der Wüste. Würde mir gar nichts nützen."

„Sie dachte bestimmt, das sei so ne Art Werbegeschenk von dir", entgegnet Julia und kichert aus trockener Kehle. „Einmal kostenlos ausprobieren und danach immer schön blechen."

„Na und!", schreit Toni. „Was ist falsch daran, dass ich leben will? Ich will ab und zu etwas essen und meine Miete muss ich auch zahlen, verdammt!" Obwohl sie in einer kaum möblierten 1-Raum Wohnung lebt und der Putz im Hausflur sie anspringt, wenn sie die Tür zufallen lässt, geht viel zu viel Geld für die Miete drauf. Sie hatte vorgehabt, bei ihren Eltern zu bleiben, wenigstens ein paar Jahre bis zum Abschluss ihres Studiums. Das Haus ist groß, der Dachstuhl gerade erst ausgebaut, sie hätte dort bequem wohnen können. Und wie sie den Garten vermisst! Die Bäume, in deren Kronen sie als Mädchen herumgeklettert ist. Sie würde noch immer dort leben, wäre sie nicht auf die Idee gekommen, ihre erste Freundin Marie zu sich einzuladen. Wenn Toni die Augen schließt, sieht sie noch immer ihre Mutter vor sich. Die Abscheu. Ihre verzogenen Mundwinkel, als sie versucht, es zu begreifen, und nicht kann.

„Ja, ja, nicht wieder der Trip", sagt Julia.

„Ich...", zitternd atmet Toni den aufsteigenden Wasserdampf ein, „ich bin keine Hure."

„Wann hast du das letzte Mal mit einer Frau geschlafen, die dich nicht dafür bezahlt hat? Offiziell bist du's nicht, aber du arbeitest als Prostituierte."

„Nein! Ich bin Schriftstellerin... Dichterin. Ich schreibe, das ist mein Beruf."

„Wann schickst du dieses Zeug, das du schreibst, endlich mal an einen Verlag? Oder lies es jemandem laut vor, das wäre wenigstens ein Anfang." Darauf weiß Toni nichts zu antworten. „Du weißt, was Mascha jetzt sagen würde?"

„Dass ich mein Studium zu Ende bringen soll."

„Exakt."

„Damit hat sie recht, aber..."

„Ich weiß, Toni", sagt Julia und es ist, als würde sie ihr schwesterlich eine Hand auf die Schulter legen. „Das haben wir alles schon mehrfach besprochen. Ich kann sowieso nicht nachvollziehen, was an Literatur so spannend sein soll. Aber du bist klug und du liebst diesen Kram. Also warum gehst du nicht raus und zeigst jemandem, der was davon versteht, was du kannst?"

„Celine wäre so jemand."

„Ach komm, du weißt genau, was ich meine."

„Ja. Ich werde weitermachen, sobald – gerade geht es nicht, ich... muss noch etwas Geld sparen."

„Klar", meint Julia, obwohl es das nicht ist. „Vergiss Celine und komm am Samstag mit mir feiern."

„Ins *Black Panther?*"

„Lieber nicht." Ein verlegenes Hüsteln. „Bin dort kein gern gesehener Gast mehr."

„Was ist passiert?"

„Habe mit einer geflirtet und frage, wie sie heißt. Elke, sagt sie. Und ich: So fett siehst du gar nicht aus. Wer kann denn ahnen, dass sie *Die Ärzte* nicht kennt *und* zu allem Überfluss die neue Flamme der Clubbesitzerin ist?"

Gegen ihren Willen muss Toni lachen. Sie selbst hat Jahre gebraucht, um sich an Julias Humor zu gewöhnen. Aber neben ihren vielen guten Eigenschaften wirkt der wie das Muttermal im Gesicht von Cindy Crawford. „Gibt es überhaupt einen Lesbenclub in der Stadt, aus dem du noch nicht geworfen wurdest?"

„*So* toll ist die Auswahl in diesem Kaff ohnehin nicht", winkt Julia ab. „Da geh ich lieber in die großen Städte, dort sind sie nicht so verklemmt."

Endlich schafft es die Wärme, Toni zu entspannen und sie kann sich zurücklehnen. „Danke, Julia."

„Immer, Süße."

Kapitel 3

Toni ist so nervös wie sie es zuletzt vor ihrer mündlichen Französisch-Prüfung war, von der ihr finaler Durchschnitt abhing. Wenigstens hatte sie damals das Gefühl, vorbereitet zu sein.

Jetzt, da sie das Klingelschild mit dem Namen Schwegler drückt, fällt es ihr viel schwerer, sich vorzustellen, wie sie die Prüfung bestehen soll – die Härteprüfung, zu der jeder einzelne ihrer Besuche mutiert. Gleich wird die Tür sich öffnen, sie hört drinnen schon die Sohlen ihrer Mutter auf dem Parkett. Toni erkennt sie an ihrem gediegenen Gang, bei dem immer ein stiller Vorwurf mitschwingt. Und so, wie sie sich bewegt, spricht sie auch. Als fordere sie mit allem, was sie denkt oder sagt, die Welt heraus, ihr das Gegenteil zu beweisen.

Früher war es Toni nicht aufgefallen. Erst, seit die Erkenntnis, dass sie Frauen liebt, die Vertrautheit zu ihren Eltern wie ein Meteorit zertrümmert hat. Früher waren sie Komplizen, ein eingeschworener Kreis. Aber nun ist Toni draußen und betrachtet ihre Familie aus der Perspektive einer Astronautin, die losgelöst durchs All trudelt. Ihre Mutter verhält sich, als habe Toni ihr immer etwas vorgespielt. Als habe der Säugling, den sie geboren, das Kind, das sie großgezogen und der Teenager, dessen Socken sie gewaschen hat, sie die ganze Zeit über getäuscht. Als sei das, was sie für ihr Kind gehalten hatte, in Wahrheit ein Wechselbalg, dem nicht ihre

Erbanlagen, sondern fremde, außerirdische Gene verpflanzt wurden.

All das liegt in ihrem Blick, als sie die Tür öffnet und sagt: „Nett, dass du kommst, Antonia."

Noch immer hängen die alten, gerahmten Fotos im Flur: Toni mit einer rosa Zuckertüte, die größer ist als sie. Toni mit ihrer älteren Schwester Sandra. Sandra mit dem schlimmsten Topfschnitt, den jemals ein Friseur verbrochen hat. Ein Familienfoto, Toni auf Papas Schultern.

„Was schenkst du deinem Vater?", fragt ihre Mutter beiläufig.

„Ein beheizbares Brotmesser. Es toastet die Scheibe, während man schneidet", antwortet Toni und senkt den Kopf. Ein beklopptes Geburtstagsgeschenk. Wochen lang hat sie jede Idee sofort wieder verworfen, die ihr in den Sinn kam, bis ihr schließlich keine Zeit mehr blieb, etwas Anständiges zu finden, das sie sich leisten konnte.

Ihre Mutter nickt. „Wie nett."

In der Küche ist Tonis fünfjähriger Neffe dabei, mit einem Spielzeugroboter die Weltherrschaft an sich zu reißen.

„Jannis, sag Hallo zu Tante Antonia", blafft Sandra ihn an, aber Jannis ist zu sehr damit beschäftigt, die Augen des Roboters aufleuchten zu lassen und dabei in rhythmischen Abständen Fontänen zu spucken. Wahrscheinlich stellt er sich vor, wie der Kampfroboter kraft seiner

Laserstrahlen Butterdose, Kuchenplatte und Kaffeemaschine in ein postapokalyptisches Schlachtfeld verwandelt.

Toni umarmt ihren Vater und überreicht ihm das in lila Geschenkpapier verpackte Messer.

„Das wäre doch nicht nötig gewesen", sagt Mama an seiner Stelle. „Setzt dich neben deine Schwester. Möchtest du ein Stück Schokotorte?"

„Nein, danke."

„Es geht mich ja nichts an", sagt Sandra, „aber allmählich glaube ich, du bist magersüchtig. Es ist bestimmt ein Jahr her, seit wir uns das letzte Mal gesehen haben – war es nicht auch zu Papas Geburtstag? - darum fällt es mir so auf, dass du dünner geworden bist. Eine Freundin von mir, also sie ist nicht wirklich meine Freundin, wir sind nur zusammen zur Schule gegangen. Jedenfalls hat sie Bulimie und wenn man euch vergleicht, könnte man meinen, du hast dasselbe."

„Hätte ich Bulimie, würde ich das Stück Torte essen und mir hinterher den Finger in den Hals stecken."

„Da soll es verschiedene Arten geben, hab ich gehört. Eine von Daniels Arbeitskolleginnen hat wohl Anorexie. Jannis, nicht Omas Topfpalme kaputt machen!"

„Das ist eine echte Dracena Marginata", erklärt Mama, während sie ein Stück Schokotorte auf Tonis Teller ablädt. „Seltsam, dass es immer die Frauen sind, die eine Essstörung entwickeln."

„Ach übrigens, Papa, Daniel lässt dich grüßen", sagt Sandra kauend. „Momentan ist er auf Geschäftsreise in Oslo. Aber er wäre gern gekommen."

Ihr Vater seufzt. „Manchmal beneide ich deinen Mann um seinen Beruf. Der kommt rum in der Welt. Wenn ich Abwechslung will, besuche ich die Kollegen in der Gartenabteilung und schnuppere an der Nordmanntanne."

Mama schenkt ihm Kaffee nach. „Das wäre dir zu viel, ständig auf Reisen gehen zu müssen. In der Teppichabteilung ist es auch nett, da findest du dich einmal zurecht. Und Baumarktverkäufer ist ein solider Beruf, nicht wahr?"

„Ist das ein beheizbares Brotmesser?"

„Ja, ich wusste nicht, was ich sonst..."

„Jannis, lass Omas Palme in Frieden, hörst du!"

Kritisch begutachtet Tonis Mutter das Messer. „Ist das spülmaschinenfest? Da ist kein Symbol drauf."

Die Küche verschwimmt zu einem Kaleidoskop, in dem Stimmen und Gesichter zu einem austauschbaren Brei verklumpen und ständig aus sich selbst heraus neue Klumpen gebären.

Toni lässt sich neben Jannis auf dem Boden nieder, die Fliesen sind klinisch sauber und warm durch die Fußbodenheizung. Er spuckt eine Fontäne in ihre Richtung, ein Zeichen dafür, dass der Kampfroboter gerade ihren Kopf abschießt. Dann fragt er: „Willst du auch mal?"

„Gern. Wie heißt dein Roboter?"

„Eigentlich nenne ich ihn nur Roboter."

„Okay. Was macht Roboter am liebsten?" Jannis' dunkle Kinderaugen blicken sie ratlos an. „Es muss doch etwas geben, das er gern tut. Ah, ich weiß. Sein liebstes Hobby ist es, mit dir zu spielen. Und Käse zu naschen."

„Käse?", fragt Jannis.

„Hast du es noch nicht bemerkt?" Geheimnisvoll senkt Toni die Stimme. „Jeden Morgen fehlt aus dem Kühlschrank ein kleines Stückchen Käse. Das ist, weil Roboter nachts, wenn du eingeschlafen bist, in die Küche schleicht und ihn mopst."

„Er mopst den Käse?", kichert Jannis.

„Am liebsten Gouda. Oh, nur den Stinkekäse, der riecht wie ungewaschene Socken, den findet Roboter grausig." Toni schüttelt den Kopf des Roboters, als würde dieser sich ekeln.

„Du musst nicht mit ihm spielen", mischt Sandra sich ein. „Jannis, lass Tante Antonia ihren Kuchen essen."

„Schon in Ordnung." Gerade fällt Toni ein, dass der Roboter heimlich in die Plüschhäsin verliebt ist, die sie Jannis letztes Jahr geschenkt hat.

„Nein, wirklich, du musst das nicht machen."

„Ich habe Stunden mit dieser Torte verbracht und dir fällt es nicht einmal ein, sie zu kosten", beschwert sich Mama.

„Wann nimmst du dein Studium wieder auf?", fragt ihr Vater.

„Sie hat das Studium abgebrochen?" Entsetzt sperrt Sandra ihren Unterkiefer auf, als wüsste sie das nicht ganz genau.

„Umso besser, dann kann sie jetzt etwas Anständiges studieren", winkt ihr Vater ab. „Betriebswirtschaft."

„Und womit verdienst du gerade dein Geld? Jobbst du noch als Kellnerin?"

„Ja", lügt Toni, während sie abwechselnd mit Jannis die Laserstrahlen des Roboters aufleuchten lässt. Es hat etwas Beruhigendes, sich vorzustellen, wie die Fensterscheiben zerspringen und die Schneidbrettchen auf der Anrichte in Flammen aufgehen.

„Willst du dir nicht was Richtiges suchen? Wenn du vorhast, BWL zu studieren, könnte mein Mann dir einen Job in seiner Firma verschaffen. Die suchen immer Studenten in der Richtung. Da fängst du zwar klein an, aber wenigstens musst du keine schmutzigen Teller mehr hin und her schleppen. Jannis, jetzt hör doch mal auf!"

Tonis Blick kreuzt den ihres Neffen. „Neulich haben Mama und Papa darüber geredet", flüstert er, „dass du mich andersrum polst und ich dann schwul werde, wenn ich mit dir spiele. Erklärst du mir, was das bedeutet?"

Sie hat noch nicht einmal angefangen, über eine passende Antwort nachzudenken, ja, der Gedanke ist noch nicht einmal ganz eingerastet, als Sandras Hand schon in Jannis' Gesicht klebt. Ihre Eltern hören auf, Belanglosigkeiten auszutauschen und halten inne, die beladene Kuchengabel und die Kaffeetasse auf halbem Weg zum Mund. Jannis' Weinen ist neben dem Ticken der Uhr das einzig verbliebene Geräusch. Alle starren auf Sandra, die mit glühenden Wangen die Hände in die Hüften stemmt. „Das habe ich so nie gesagt."

„Wie denn dann?"

„Frag nicht auch noch nach, Antonia", sagt ihre Mutter, als sei Toni diejenige, die gerade einen Tabubruch begangen hat.

„Ich finde es interessant, zu hören, was meine Schwester von mir denkt."

„Jannis, geh ins Bad", befiehlt Sandra und versetzt ihrem Sohn einen Klaps gegen die Schulter. „Und hör auf zu weinen, Männer machen sowas nicht."

„Jetzt übertreibst du aber." Vater hat die Kuchengabel beiseitegelegt. „Der Junge ist erst sechs, Herrgott."

Toni nimmt ihren Neffen in die Arme und wischt ihm mit ihrem Ärmel den Rotz von der Nase. „Du ohrfeigst ihn für deine eigenen Worte."

„Lass ihn gefälligst los! Wollen mir denn alle vorschreiben, wie ich mein Kind zu erziehen habe?", keift Sandra und zerrt Jannis an der Hand aus dem Raum.

Mama erhebt sich, die Stirn sorgenvoll in Falten gelegt. Während sie Sandra folgt, raunt sie Toni zu: „Besser, du gehst jetzt. Dein Vater packt dir ein Stück Torte ein."

Während Toni sich die Schuhe zubindet, dringt Sandras Stimme begleitet von Jannis' Weinen aus dem Badezimmer.

„Stimmt es etwa nicht? Soll ich es schönreden oder so tun, als wäre sie normal? Niemand kann mir vorwerfen, dass ich meinen Sohn beschützen will. Er soll unter Menschen aufwachsen, die gut für ihn sind. Ich..." Den Rest schneidet die Haustür ab, als Toni sie hinter sich ins Schloss wirft.

Sie wird sich ihre Familie abgewöhnen müssen und mit ihr auch endgültig das Bedürfnis, eine zu haben. Sie wird an dem Ast sägen, auf dem sie sitzt, bis sie wie eine faule Frucht vom Stammbaum fällt, weit, weit, weit.

Der Wind treibt ihr Tränen in die Augen, sie blinzelt sie fort. Ein bisschen weint sie um Jannis, dem das alles noch bevorsteht, ob schwul oder nicht. Eines Tages wird er erkennen, dass er weinen muss, ohne Mama vorher um Erlaubnis zu fragen. Und sollte er nicht können, hat er die Tränen, die Toni sich mit dem Ärmel abwischt, an dem noch seine Rotze hängt, erst recht nötig.

Kapitel 4

Toni überfliegt die Mail von Mascha – Familienausflug, Eis essen, Streichelzoo, schönes Wetter, leider zu viel Wind – und wirft einen Blick auf das Foto im Anhang: Mascha und ihre Nichte streicheln eine Babyziege.

Toni schaltet das Handy ab. Bis morgen früh ist sie für niemanden erreichbar.

In der Küche wartet Tugce. Wobei Küche eine Verharmlosung ist für diesen nach zwei Seiten offenen Wohnbereich mit Dunstabzugshaube, Espressoautomat, Chromleisten an den Schubladen und frischen Blumen auf der Bartheke.

Tugce trägt noch immer das Kleid, in dem sie Toni bis vor zehn Minuten im Restaurant gegenübersaß und ihr markantes Profil spiegelt sich in sämtlichen polierten Oberflächen. „Ich habe Champagner kaltgestellt!", ruft sie über die Schulter, diese perfekte, cappuccinofarbene Schulter.

Träge lässt Toni sich in einen Polstersessel plumpsen und Tugce reicht ihr ein Glas.

„Trinkst du nichts?"

„Ich hatte genug. Morgen muss ich konzentriert sein, mehr als sonst."

„Wieso?" Das Glas verkühlt Tonis Fingerspitzen, der Champagner stimmt ihre Zunge auf das ein, was noch kommen wird.

„Wir stellen eine neue Produktlinie vor. Augenringe

gehören nicht auf eine Pressekonferenz. Was dann noch übrig ist an Energie, brauche ich für das Dinner der Vorstandsmitglieder anschließend."

„Wird Vito da sein?"

„Er wird." Tugces Mundwinkel verziehen sich zum Lächeln einer kampferprobten Wölfin, die weiß, dass sie ihrem Gegner überlegen ist. „Mach dir keine Sorgen seinetwegen. Das tu ich auch nicht."

Die Bewunderung in Tonis Blick ist ehrlich. „Und wenn er etwas Gemeines sagt, gibst du ihm Pfeffer wie immer."

„Bei einem öffentlichen Event wird er das nicht wagen. Vito ist zwar ein Macho, aber er ist auch Stratege und weiß, wann es besser ist, den Mund zu halten", lächelt Tugce und erhebt sich, um ihre Nylonstrümpfe abzustreifen.

Obwohl Tugce der Öffentlichkeit schonungslos ausgesetzt ist, macht sie keinen Hehl daraus, dass sie Frauen liebt. So ist sie Teil der Markenidentität des Haarkosmetikkonzerns geworden, an dessen Spitze sie steht. Von der Kundschaft geliebt, von Influencern gefeiert und von einer ganzen Generation junger Lesben als Idol verehrt, könnte man auf den ersten Blick glauben, ihr Outing habe ihr nur Vorteile gebracht.

Tatsächlich aber hat Tugces Familie den Kontakt zu ihr abgebrochen. Jüngst weigerte sich der türkische Präsident vor laufender Kamera, ihr die Hand zu schütteln und brachte damit eine Lawine der Empörung ins Rollen, von der auch Tugce eine schmerzhafte Ladung abbekam.

Als sie für die Werbekampagne der neuen Shampoo Pflegereihe den Sänger einer beliebten Boygroup vorschlug, fiel Vito dazu nichts Besseres ein, als: „Ich dachte, Sie mögen keine Männer?"

Toni wäre vor versammelter Mannschaft zum Klischee einer feministischen Kampflesbe mutiert, indem sie ihm die Definition von „sexueller Präferenz" auf den Rücken tätowiert hätte.

Was erwiderte Tugce? „Für gewöhnlich komme ich sehr gut mit Männern aus. Aber wenn Sie wünschen, mache ich für Sie eine Ausnahme." Gefasst und unbeeindruckt.

„Er ist nicht so schlimm, wie du ihn dir vorstellst, Toni. Vito gehört nicht zu diesen Männern, für die ihr Schwanz der Messias persönlich ist. Er hat bloß ein paar Vorurteile geerbt, wie so viele andere, dafür kann er nichts und glaub mir", Tugce zwinkert ihr zu, „eines Tages werden Frauen wie du und ich ihn heilen."

„Und wie?" Das Glas singt lieblich, als Toni es abstellt.

„Indem wir so sind, wie wir sind, Süße. Einfach so."

„Gut. Ich habe nämlich nichts, womit ich ihn penetrieren möchte."

Tugce lacht und lässt sich in Tonis Berührung fallen. „So habe ich das nicht gemeint."

„Aber so meinen *sie* es, wenn sie davon faseln, uns zu heilen."

„Kann sein. Wir wissen es besser, oder?“ Und dann liegt Mund auf Mund. Tugces erdbeerweiche Lippen sind wie das Zentrum eines Strudels, der Toni sanft zu sich saugt. Noch kreist sie darum, dreht sich um sich selbst, aber es ist nur noch eine Frage von Sekunden, bis sie darin versinken wird.

Sie spürt ihr Becken durch den Satin des Abendkleides. Wüsste sie nicht um Tugces Beruf, würde sie sie für eine Tänzerin halten. Eine Bauchtänzerin mit Armen aus geschmeidig fließendem Wasser, Lenden aus wirbelndem Feuer und einem Herzen aus treuer, beständiger Erde. Tugces Charme ist elementar und er verfehlt selten seine Wirkung.

„Der Tisch“, keucht sie, „lass mich dich auf dem Tisch sehen.“

Tonis Kleidung ist bereits vom Strudel davongetragen worden. Ihr schmächtiger Hintern läuft auf der Glasplatte des Tischs auseinander, als sie sich, Tugecs Wunsch folgend, breitbeinig darauf niederlässt. Einen Fuß stützt sie auf die Lehne des Sessels, präsentiert alles.

Vielleicht fühlt sich so die Designer-Obstschale neben ihr, wenn sie betrachtet wird, halb aus Bewunderung über ihre Form, halb aus Appetit auf ihre Früchte. Toni jedenfalls kommt sich wie ein Kunstwerk vor, eine dieser riesigen Farbdetonationen auf Leinwand, nur viel lebendiger. Die Glasplatte beschlägt, wo Kühle auf Hitze trifft.

Endlich lässt Tugce auch ihr Kleid fallen, ihre Brüste sind nackt, der Slip aus cremefarbener Spitze. Sie geht vor Toni auf die Knie, kostet die Früchte, eine nach der anderen, sodass Toni die Obstschalen dieser Welt nur für ihr freudloses Dasein bemitleiden kann. Saft tropft auf die Glasplatte. In der Küche blinkt irgendein Lämpchen. Stockwerke unter ihnen führen Menschen banale Gespräche, schauen TV, räumen die Reste des Abendessens in den Kühlschrank. Vielleicht denken sie darüber nach, ob sie später noch Sex haben werden.

Toni hat noch nie lange überlegt. Sie muss nicht warten, bis die Kinder eingeschlafen sind, muss sich nicht in Reizwäsche schmeißen, um verführerischer zu sein als das Fernsehprogramm. Sie liebt es, hier zu sitzen, Tugces Gesicht zwischen ihren Beinen, später ihre Finger in Tugce und morgen in einer anderen. Sie liebt es, sich frei zu fühlen, die Zunge noch schwer vom Geschmack des Champagners, den sie nicht bezahlt hat, und so laut atmen zu können, wie sie will.

Und sie liebt das Gefühl, wenn sie beim Gehen ein dankbares Lächeln und ein paar Scheine mitnimmt, die wortlos auf der Anrichte bereitliegen. Es ist, als habe sie etwas wirklich Gutes getan.

Einmal hat Toni das Geld liegenlassen. Nur so, weil sie Tugce zeigen wollte, wie sehr sie es genießt, bei ihr zu sein. Das war, als sie gerade einen guten Monat und ausgefüllte Nächte hatte, aber diesmal kann sie es sich nicht leisten, die Provision auszuschlagen.

Nicht alle sind so großzügig die Tugce, obwohl sie schon viele erfolgreiche Frauen hatte. Managerinnen, Anwältinnen, Maklerinnen, mal eine vom Finanzamt, und gelegentlich erinnert sich sogar Adelheid, eine reiche Witwe, an ihre Telefonnummer.

Manchmal kann sie Drinks ausgeben, wenn sie mit Julia durch die Clubs zieht, und in der Buchhandlung Bücher kaufen, ohne auf den Preis zu sehen.

Aber manchmal muss sie auch die Cornflakes zurück ins Regal stellen, weil das Geld im Portemonnaie nicht reicht. Dann erscheint das Studium ihr wie ein absurder Tagtraum und die Narben, die die Worte ihrer Familie – besonders ihrer Schwester - hinterließen, brennen wieder. Versagerin. Perverse. Hysterische. Alles, was sie ist, seit sie sich von Frauen küssen lässt, und davor nicht war.

Sie könnte jemanden wie Tugce anrufen und sie um ein Treffen bitten. Es wäre leicht, sich bei einigen ihrer Geliebten in Erinnerung zu rufen, um ein paar Scheine von Anrichten klauben zu können. Doch selbst wenn Toni auf der Straße schlafen und vor Hunger am Daumen nuckeln müsste, würde sie das Telefon nicht anfassen. Das Einzige, das ihr Selbstwertgefühl aufrechterhält, ist die Tatsache, dass diese Frauen Tonis Nummer wählen. Dass sie Toni brauchen. Nicht umgekehrt. Weil sie gut ist. Jung, wild, romantisch, begehrenswert.

Und sollte Tugce sie je vergessen, dann wird Toni dasselbe tun.

Kapitel 5

Niemand handelt ohne Eigennutz. Selbst wenn wir Gutes tun, uns aufopfern, Selbstlosigkeit zelebrieren, so geschieht das in der Hoffnung, andere werden uns dafür lieben. Gib nie im Dunkeln dein letztes Hemd. Besser du wirfst im Scheinwerferlicht etwas, das dir entbehrlich ist, und blinzelst nicht dabei.

So zu sein, ist weder menschlich noch gut. Es ist normal. Und normal wollte Toni nie werden. Was sie gibt und was sie nimmt, das alles bewegt sich ausschließlich im Schatten, abseits von Applaus und Steuererklärung. Aber die Wächter des Anstands finden sie überall, unter welchen Decken sie sich auch verstecken mag. Die sind sie Schlimmsten, weil sie von sich glauben und allen weismachen wollen, ihr Handeln sei uneigennützig. Zum Wohl der Moral, des Staates, Rettung unserer Seelen, was auch immer. Glücklicherweise sind sie heutzutage nicht mehr gefährlich, jedenfalls nicht in unseren Breitengraden.

Gefährlich sind die, die echten Schmerz fühlen. So wie Ed. Sein voller Name ist Edgar Theodor, und das mit Mitte 20. Weil niemand, der ihn gernhat, ihm das antun will, nennen sie ihn Ed. Jetzt weißt du schon mehr über ihn als Toni. Sie kennt höchstens sein Gesicht, wobei „kennen" übertrieben ist, sie hat ihn nur kurz von Weitem gesehen bei halbseidener Clubbeleuchtung und im Schwitzkasten eines Securities. Darum ergibt es für sie keinen Sinn, dass er jetzt auf sie zukommt, drohend und viel zu nah.

„Toni, richtig?"

„Kennst du den?" Schützend legt Julia, mit der sie gerade auf den Weg in einen Club war, ihren Arm um Tonis Schulter. Sie keift Ed an, als er sie wegstößt.

„Ich will mit der Schlampe allein reden."

Sie kann keine Fahne riechen. Der Mann ist nüchtern.

„Kennen wir uns?"

„Bis jetzt hatten wir noch nicht das Vergnügen", beißt er. „Aber vielleicht erinnerst du dich an Franka."

„Ich ruf die Polizei!", schreit Julia, er kümmert sich nicht darum.

In Tonis Schaltzentrale rattert es. „Ja, warum?"

„Sie erinnert sich!", wiederholt Ed, als müsse er einem Idioten übersetzen, was sie eben gesagt hat. „Sie erinnert sich an Franka. An den netten Abend zu zweit, mit schlechter Musik und koksenden Lesben auf dem Klo." Geschossartig spuckt er vor ihr auf den Boden.

„Koks kann ich mir nicht leisten." Das stimmt, ist in diesem Moment aber so hilfreich, als rezitiere sie Brecht vor der Bankenaufsicht - obwohl ein Versuch nicht schaden könnte. „Wir werden jetzt gehen", fügt sie vernünftiger hinzu. „Du in die eine, ich in die andere Richtung. Und dass du mich eine Schlampe genannt hast, vergesse ich diesmal."

„Wie großherzig!" Mit seinen breiten Schultern versperrt Ed ihr den Weg, jeden seitlichen Schritt, jede Wendung fängt er ab. „Ihr Schlampen müsst so verliebt ineinander sein."

„Lass sie in Ruhe! Verzieh dich!" Er ignoriert Julia.

„Womit hast du Franka rumgekriegt? Waren es die Haare auf deiner Brust, dein definierter Bizeps, dein Beschützerinstinkt? Hast du dir Mühe gegeben, fürsorglich zu sein und verständnisvoll, hast du vor deinen Freunden mit ihr angegeben, ihr gesagt, dass sie die schönste Frau ist, der du je begegnet bist, ihr Blumen geschickt und extra deine Axeln rasiert, obwohl du das pussyhaft findest?"

Allmählich dämmert Toni, wo das Problem liegt. Denn an dem Abend, an dem sein rot angelaufenes Gesicht von den Unterarmen des Türstehers eingerahmt wurde, hielt Toni Franka auf der Tanzfläche im Arm.

„Sie war meine Freundin!", sprudelt es endlich aus Ed hervor. Wie eine dieser Colaflaschen, in die jemand ein Mentos gestopft, sie geschüttelt und einem anderen vor die Füße geworfen hat. „Und wenn du Mann genug bist, sie mir zu nehmen, hast du hoffentlich auch die Eier, um sie zu kämpfen."

„Hast du nen Vollknall?", fasst Julia das Gespräch zusammen.

„Du willst dich mit mir prügeln?", fragt Toni ruhig, während er schon seine Ärmel hochschiebt. „Du willst mir beweisen, dass du die bessere Wahl für Franka bist? Dass ich keine Chance gegen dich habe?"

„So in der Art."

„Genau deshalb hat Franka sich von dir getrennt."

Nach einer Pause, in der Toni nur beten kann, dass er nicht explodiert, stammelt er etwas wie: „Das sagst du nicht zu mir, du dreckige kleine..."

„Sie war es leid, beschützt und besessen zu werden. Mag sein, eine Menge Frauen stehen auf sowas. Aber Franka gehört definitiv nicht dazu."

„Wärst du nicht gewesen, wäre sie zu mir zurückgekommen!"

„Sie wird nicht zurückkommen. Franka will keinen Mann, sonst wäre sie nicht in eine Lesbenbar gegangen. Ich bin kein Ersatz für einen Penis, ich bin eine Frau wie Franka und tausende andere auch. Sie hat jetzt eine Freundin - nicht mich! - und wenn du sie liebst, gönnst du ihr, was sie glücklich macht."

„*Ich* will sie glücklich machen."

„Du behauptest, sie zu lieben, aber du denkst nur an dich selbst."

„Nein!"

„Dann beweise, dass ich Unrecht habe. Bitte sie um Verzeihung, jetzt gleich."

„Jetzt gleich?"

„Nimm dein Handy und wähl ihre Nummer. Ist das so schwer?"

„Nein, ich..." Er ballt die Fäuste, lockert sie wieder,

schüttelt den Kopf, seufzt. „Sie hat meine Nummer blockiert."

„Schön, dann nehmen wir meins." Sie knallt ihm das Telefon gegen die Brust. „Hör auf, dich wie ein Gorilla zu benehmen und bitte sie um Entschuldigung, sonst verlierst du sie. Nicht nur als Partnerin, sondern auch als Freundin. Willst du das?" Insgeheim dankt sie Julia, dass sie so viel Geistesgegenwart besitzt, sich rauszuhalten.

Ed hält das Handy wie den Stein der Weisen in Händen. Ängstlich und unentschlossen ob der Verantwortung, sich seines Besitzes würdig zu erweisen.

„Ruf sie schon an", sagt Toni mit sanftem Nachdruck. „Soll sie dich den Rest deines Lebens für einen Versager halten? Einen, der es nötig hat, sich an Frauen wie mir zu abzureagieren?"

„Nein." Mit zittrigen Fingern wählt er Frankas Nummer. Toni rechnet es ihm an, dass er sie auswendig weiß. Bei jedem Hupen wird er blasser. Als sie abnimmt, ist seine Stimme belegt. Während er spricht, kickt er mit der Schuhspitze gegen das Pflaster, fährt sich mit dem Handrücken über die Stirn und dreht sich um sich selbst wie ein altersschwacher Kreisel.

Toni achtet nicht darauf, was er sagt. Sie sieht nur einen kleinen Jungen, der leidet. Am liebsten würde sie ihn in den Arm nehmen und sehr, sehr lange festhalten, aber für eine solche Geste ist sie nicht die Richtige. Er braucht eine Frau, die ihm Zeit lässt, er selbst zu werden, denkt sie.

Er gibt ihr das Handy zurück. Seine Hand ist feucht, als er die ihre drückt, genau wie seine Augen. Keiner spricht.

Sie nicken sich zu und Ed zieht ab, ins Ungewisse, wo sie einander nie wieder begegnen werden, aber Toni hofft von ganzem Herzen, dass er diese Frau findet und dass sie ihn lange genug erträgt, um mit ihm glücklich werden zu können. Frauen wie sie und Franka sind nicht für Männer gemacht. Erst recht nicht für solche wie Ed.

„Scheiße", ruft Julia sich Toni in Erinnerung. „Woher nimmst du die Nerven für sowas? Er wollte dich verprügeln!"

„Nein", erwidert Toni, „wollte er nicht. Lass uns gehen."

Kapitel 6

Schweige um des Lebens willen.
Schweige, um den Hohn zu stillen,
der dich trifft aus sauren Fragen.
Schweige, lerne zu ertragen.

Wenn du vor einem Flusse stehst,
der da fließt im Paradies,
und in einem duftend Garten
tausend Früchte auf dich warten,

musst du trotzdem stehen bleiben,
bis du vertrocknet bist und lahm.
Hast zu schlucken deinen Gram.
Und bei alldem sollst du schweigen.

Das Handy erlöst Toni von der Frage, ob sie weiterschreiben oder die Verse auf sich beruhen lassen soll. Der Kugelschreiber schwebt zwei Sekunden lang unentschlossen über dem Papier, denn eigentlich stört es sie, unterbrochen zu werden. Andererseits fällt ihr nichts ein, was sie ergänzen könnte, also lässt sie die Mine zurückschnappen und fischt sich das klingelnde Handy.

Auf dem Display erscheint eine unbekannte Nummer. An sich nicht ungewöhnlich, denn außer Mascha und Julia hat Toni keine einzige Nummer eingespeichert. Ein Kunstgriff, damit sie nicht der Versuchung erliegt, in einem schwachen Moment eine ihrer Freierinnen anzurufen. Trotzdem erkennt sie meist auf den ersten Blick, wem das Läuten gilt. Tugces Nummer endet mit einer 224, eine andere hat eine 888 in der Mitte. Manche kann sie inzwischen auswendig. Diese aber ist eine nichtssagende Zahlenkombination, die keinerlei Erinnerung in Toni wachruft.

Der Klingelton verschluckt sich, das Display verlischt. Im Nachhinein kommt es ihr vor, als habe das Handy nachdrücklicher geläutet als sonst, so als wolle es die Ungeduld vom anderen Ende der Leitung transportieren.

Sie klettert von der Bettkante, die nur wenige Zentimeter vom Türrahmen entfernt ist, um sich Tee zu kochen. Ihr Schlafzimmer ist so winzig, dass es eine Herausforderung war, das Bett darin aufzubauen. Über dem Kopfende hängt ein Wandregal voller Bücher. Manchmal sagt Toni ihm ein paar Nettigkeiten, damit es nicht auf die Idee kommt, eines nachts seine Dübel aus der Wand zu reißen und sie im Schlaf zu erschlagen. Sie braucht es dort, genau dort, um ihre Bücher vom Bett aus griffbereit zu haben, und bis jetzt hält es loyal zu ihr, wenn auch ächzend unter der Last Haruki Murakamis, François Villons, Stefan Zweigs und Edgar Allan Poes. Ihre neuste Errungenschaft ist ein Gedichtband von Audre Lorde, den sie in einem Antiquariat aufgestöbert hat.

Auf dem Fußboden neben ihrer Singleküche beginnt

gerade der Wasserkocher mit seinem gotterbärmlichen Zischen, als das Handy erneut klingelt.

Toni nimmt an, ohne sich zu melden. Kurz herrscht Schweigen.

„Toni?" Die Stimme tastet nach ihrer Brust und lässt sie beben. „Bist du dran? Hörst du mich?"

Sie will auflegen, aber ihr Arm gehorcht nicht. Wie steifgefroren klammert sie sich an das Handy und muss zulassen, dass Celines Stimme sie durchweicht wie ein schutzlos im Regen stehendes Kind.

„Ich rufe an, um mich zu entschuldigen. Es tut mir leid, wenn ich etwas Falsches gesagt oder getan habe. Lass es mich wiedergutmachen, indem ich dich heute Abend zum Essen einlade, ja? Komm gegen sechs zu mir."

Toni starrt auf ihren Kühlschrank. Sie muss ihn nicht öffnen, um sich daran zu erinnern, dass er bis auf eine angerissene Packung Scheibenkäse und Tomatenmark leer ist. Sie schweigt, ein Kribbeln unter der Haut.

„Ich habe eine Überraschung für dich", fährt Celine fort und lässt ein kleines Lachen fallen. „Nichts von Bedeutung. Ich musste nur an dich denken. Bis heute Abend."

Sobald sie aufgelegt hat, zieht Tonis Magen sich zu einem winselnden Knäuel zusammen. Sie rollt eine Bahn Tomatenmark in eine Käsescheibe und kaut darauf herum, aber der Hunger bleibt und wird immer nagender, so oft ihre Gedanken zu Celine wandern.

Ich musste nur an dich denken. Ihr Bauch krümmt sich sehnsüchtig bei der Vorstellung, wie Celine in ihrem Bett liegt, die blonden Strähnen Dünen gleich auf dem Kissen verteilt, den Blick zur Decke und die schöpferischen Gedanken nach innen gerichtet. In der Bettwäsche noch der Duft ihrer gemeinsamen Lust.

Sie neigt seufzend den Kopf, in der Hoffnung, das Bild würde einfach herausfallen, damit sie es aufkehren und entsorgen kann. Aber es bleibt, krallt sich hartnäckig in die graue Masse hinter ihrer Stirn und lässt nicht los, bis Toni, gehetzt von sich selbst, am Abend aus der S-Bahn steigt und zu Celines Wohnung läuft. Sie zwingt sich, langsam zu gehen und sich nicht um die Passanten zu kümmern, die sie überholen, ihr ausweichen oder ihretwegen ausgebremst werden.

Sie kommt absichtlich zwanzig Minuten zu spät, sucht in Celines Gesicht ein Anzeichen für denselben Hunger, der sie seit Stunden quält. Aber wenn sie wartend am Küchentisch gesessen hat, die Faust im Mund, den Blick aus dem Fenster schweifend, mit der Ungewissheit kämpfend, ob das Warten umsonst sei, dann überspielt sie es perfekt.

Sie wartet an der Wohnungstür. Toni überspringt die letzte Treppenstufe und schämt sich sofort dafür. „Ist ein Tick von mir", murmelt sie zur Begrüßung. Celine soll nicht glauben, sie könne es nicht erwarten.

„Was?"

„Die letzte Treppenstufe. Ich kann nicht anders, als sie zu überspringen."

„Ist mir gar nicht aufgefallen", grinst Celine. „Willst du die Schuhe nicht ausziehen?"

„Gehen wir nicht essen?" Tonis Stimme fällt in sich zusammen. Der Geruch gebratenen Paprikas hängt in der Luft und lacht sie aus. Sie hatte sich mit Celine in einem Restaurant sitzen sehen, ein Blumenbouquet zwischen sich, in der sicheren Gegenwart anderer Gäste. Sie schiebt die kalten, verschwitzten Handflächen in die Hosentaschen. „Du… hast gekocht?"

„Gemüsepfanne mit Reis. Eines der wenigen Gerichte, die ich zubereiten kann, ohne den Feueralarm auszulösen."

Noch immer stehen sie sich in der Diele gegenüber. Celines Hände zucken, aber Toni geht in die Hocke und fummelt umständlich an ihren Schuhen. Sie kann diese Frau jetzt nicht umarmen. Sie würde zerlaufen wie warme Butter und das hielte ihr Stolz nicht aus.

Später, als sie gemeinsam am Tisch sitzen, fragt Celine freundlich, als erkundige sie sich nach dem Wetter: „Wieso bist du gekommen?" Sie häuft Jasminreis auf Tonis Teller, dann Gemüse, entzündet eine Kerze, füllt die Weingläser. Sie findet unzählige fadenscheinige Gründe, um nicht aufblicken zu müssen, während sie die Frage stellt, auf die Toni keine Antwort hat.

In irgendeinem Winkel der Wohnung tickt eine

aggressive Uhr, als wolle sie es Toni zum Vorwurf machen, dass die Zeit vergeht. Sie ringt um Klarheit, doch je zäher die Pause sich in die Länge zieht, desto unsinniger erscheint ihr alles, was sie hätte erwidern können.

„Ich bin Schauspielerin geworden, um meinen Vater zu kränken", sagt Celine unvermittelt, als setze sie zu einer förmlichen Rede an. „Wenn ich nicht studiere, brauche ich ihm nie mehr unter die Augen zu treten, ließ er mich wissen. Er habe mich nicht durchgefüttert, damit ich ein Taugenichts werden könne. Ich wollte frei sein, reisen, mich in die Welt verlieben. Aber wie soll das gehen ohne Geld? Mein Vater bestand darauf, dass ich gleich nach der Schule studieren sollte und er hatte recht damit, schließlich bleibt man nicht bis in alle Ewigkeit jung. Aus Trotz besuchte ich die Aufnahmeprüfung der Schauspielhochschule. Ich wusste, das würde ihn zur Weißglut treiben. Seiner Ansicht nach überbieten Schauspieler sogar Schriftsteller und Poeten an Nutzlosigkeit. Ich wurde angenommen, in meinem dritten Jahr spielte ich Medea und der Regisseur entschied, ich sollte in einer Szene nackt sein." Abwesend schwenkt Celine den Wein im Bauch ihres Glases und sieht dem Essen zu, wie es kalt wird. „Ich schenkte meinen Eltern Karten für die Premiere. Das war's."

„Sie haben dich nackt auf der Bühne gesehen?"

Sie nickt. „Meine Mutter war außer sich, aber mein

Vater überraschte mich. Er blieb ganz ruhig. Fragte mich nur, warum ich ihm das antun würde." Endlich blickt sie Toni an.

„Du wolltest ihn bestrafen?"

„Nein. Zuerst dachte ich das auch, aber so ist es nicht. Ich nehme ihm nichts übel, er wollte das Beste für mich. Inzwischen ist es gang und gäbe, sich auf der Bühne auszuziehen, das Publikum gähnt nur noch darüber, aber für meine Eltern war es eine Ohrfeige."

Während sie schweigend den Gemüsereis löffeln, öffnet sich über Toni ein Tor, aus dem leise Gedanken strömen und wie Staubpartikel in einem Sonnenstrahl um sie herumtanzen. Die Anspannung löst sich ein wenig. Wieso also ist sie hier? Nach der gemeinsamen Nacht, in der Celine die Frage nach dem Geld laut ausgesprochen hatte, war Toni sich sicher gewesen, diese Frau nie wiedersehen zu wollen. Dabei hat Julia recht, es passiert ihr nicht zum ersten Mal. Sie sollte klarer kommunizieren, wer sie ist und was sie will. Doch jedes Mal, wenn jemand ihr so nahekommt, bleibt nichts mehr von ihrem Vorsatz übrig.

Wenn Begehren in der Luft flirrt und eine wunderbare Frau im Begriff steht, Toni ihr Innerstes zu Füßen zu legen, ist für den Begriff „Geld" kein Platz mehr. Er passt nirgends dazwischen, sie findet keine Gesprächslücke, in die sie ihn einstreuen könnte, und wenn doch, halten Scham und Ehrfurcht sie davon ab. Sie kann vor dem

Spiegel deklamieren, wie irrational ihre Angst ist. Dass sie keine Prostituierte ist, bloß weil sie Geld dafür nimmt. „Selbst, wenn du eine wärst, würde es nichts daran ändern, dass du eine kluge, wertvolle, freie Frau bist!", schreit sie ihr Spiegelbild an. „Hure zu sein, ist ein ganz normaler Beruf! Lesbisch zu sein, ist ganz normale Liebe! Sex bleibt Sex, Scheiße nochmal!" Dann hält sie den Kopf unter kaltes Wasser, bis der Zorn nachlässt und liest anschließend ein paar Seiten Villon. Der hilft ihr, den Humor nicht zu verlieren.

Sie beobachtet Celine aus den Augenwinkeln. Wie sie ihre schlanken Arme bewegt, wenn sie das Besteck benutzt. Ihre Haltung ist die einer Diva, doch ihr Herz leuchtet durch ihre Augen, wenn sie Tonis Blick erwidert.

„Das ist grausam von dir."

Verwirrt hält Celine im Kauen inne und zieht eine Augenbraue hoch.

„Wenn ich jetzt versuchte, dich aus meinem Leben zu werfen, würde für immer etwas fehlen", sagt Toni und schaut dabei auf den Teller, als wolle sie ihn beschwören, ihr seine Liebe zu gestehen. „Hätte ich dich niemals kennengelernt, wäre es einfacher. Jemand, der farbenblind zur Welt gekommen ist, vermisst die Grünschattierungen nicht. Aber wenn plötzlich alles Grün verschwände, von jetzt auf gleich, würde ich es schrecklich vermissen, weil die Farbe ein Teil von mir geworden ist. Ein Teil meines Denkens."

Die Uhr schnalzt geringschätzig ihren Takt in das Schweigen.

„Wäre es dir wirklich lieber, mich nicht zu kennen?", fragt Celine.

„Nein." Bestimmt legt Toni ihr Besteck beiseite.

„Ich glaube, es gibt vieles, das wir nicht vermissen. Weil wir alle ein bisschen farbenblind sind, ohne es zu merken."

„Vermisst du deine Familie?"

„Wir haben uns ausgesöhnt", sagt Celine, „schon vor Jahren."

Die Antwort erleichtert und deprimiert Toni zugleich. Sie spürt den Frieden in Celines Stimme, als sie fortfährt, von ihren Eltern zu erzählen, doch der Inhalt der Sätze rauscht an ihr vorüber. Beschämt muss sie sich eingestehen, dass es ihr behagt hätte, sich die Einsamkeit mit Celine zu teilen. Ein dünner aber umso stabilerer Draht, der sie verbindet. Zwei Lesben, entwurzelt, losgelöst, unverstanden. Als würde Gott in diesem Moment allein auf sie schauen und ihnen einen unsichtbaren Orden anheften für die Entbehrungen, die sie in Kauf nehmen, nur um so sein zu können, wie er sie geschaffen hat.

Stattdessen ist Toni wieder allein mit ihrem Problem. Mag sein, dass es Millionen Menschen genauso geht wie ihr, aus vielschichtigen Gründen, doch die sitzen nicht hier am Tisch. Der Rest der Welt ist nicht Celine. Manchmal, denkt Toni, manchmal kommt es nicht so sehr darauf an, verstanden zu werden, sondern darauf, dass der richtige Mensch einen versteht. Sie könnte viel mehr ertragen, sich leichteren Herzens über die Spießigkeit ihrer Familie erheben, wenn sie eine Frau wie Celine an ihrer Seite wüsste.

Nein, nicht eine Frau *wie* Celine.

„Ich muss gehen." Die Heftigkeit, mit der Toni sich erhebt, lässt ihren Stuhl kippen.

„Schon jetzt? Der Abend hat eben erst…"

„Tut mir leid." Ein flüchtiger Kuss auf Celines Stirn, schnell in die Schuhe und aus der Tür, aus der Wohnung, hinaus aus dem Viertel. Toni fürchtet, der Beton könnte unter ihren Sohlen bersten, so schwer fühlt ihr Herz sich an, oder ist es der Magen? Sie hätte bleiben, Celine eine beliebige Summe nennen und allem seinen Lauf lassen können. Doch keine Zahl, die sie sich ausdenkt, erscheint ihr angemessen. Nicht alle sind wohlhabend wie Tugce oder Adelheid, deren Gesellschaft ihr manches Mal ein oder zwei Monatsmieten auf einmal einbringt. Was, wenn Celine sie übertrieben findet, wenn sie ablehnt? Lieber lässt Toni sich eine Zehe abhacken, als aus Celines Mund zu hören: „Das bist du mir nicht wert."

Scheiße! Sie schwankt, lässt sich von einer Parkbank auffangen. Stille breitet sich wie eine Decke über sie.

Sie könnte sich Celine schenken.

Der Gedanke schnappt nach ihrer Kehle und nimmt ihr

die Luft. Wie herrlich es wäre, ohne Zahl und Kommastelle mit ihr zusammen zu sein. Aber was käme danach?

Zusammenziehen, Eifersucht, Kompromisse, Tugce und die anderen Geliebten nie wiedersehen, Lust, keine Lust mehr, Minijob, Frustration. Genauso, wie es beim letzten Mal gewesen war. Toni braucht ein paar Atemzüge, um die Vergangenheit zurückzudrängen. Sie hat Monate gebraucht, sich davon zu erholen, doch es ist, als stecke man mit dem Fuß in einer Teerpfütze. Selbst an dem, der wieder rauskommt, bleibt etwas haften. Wie der Teer ist die Erinnerung hart und schwarz geworden. Obwohl sie weniger stinkt und nicht mehr so brennt wie früher, ist sie noch da und Toni ist nicht bereit, den freien Fuß, auf dem sie heute steht, lachend in der nächsten Pfütze zu versenken. Auch nicht, wenn diese Celine heißt.

Weil der Umriss eines manteltragenden Mannes auf sie zukommt und Toni nicht die Lust verspürt, wieder einmal einem Exhibitionisten zu begegnen, rafft sie sich auf, um nach Hause zu gehen.

Kapitel 7

Den darauffolgenden Vormittag verbringt Toni damit, ihr Handy anzustarren, als könne sie es durch Gedankenkraft zum Klingeln bringen. Halb hofft sie, dass Celine anruft, halb, sie möge es nicht tun. Mit jeder Minute, die verstreicht, gelangt Toni ein Stückchen näher an die Überzeugung, sich wie eine Vollidiotin benommen und Celine eine Fülle guter Gründe geliefert zu haben, sie nie wieder anzurufen. Hätte sie ihre Nummer nicht gestern aus dem Verzeichnis entgegengenommener Anrufe gelöscht, wäre sie schwach geworden und hätte sie um Verzeihung gebeten. Sie dankt ihrem gestrigen Ich und verflucht es zugleich.

Als das Telefon schließlich klingelt, ist es Julia, die Toni auf einen Spaziergang einlädt. „Ich habe jemanden kennengelernt und bin mir nicht sicher... naja, ich möchte wissen, was du von ihr hältst."

„Könnt ihr mich nicht zum Essen einladen?", fragt Toni und grüßt stumm ihren Kühlschrank in seiner vorübergehenden Nutzlosigkeit.

„Dürfte schwierig werden. Das erklär ich dir später."

„Wo hast du sie kennengelernt?"

„Internet", sagt Julia knapp. „Treffen wir uns im Park?"

Vom Park aus würde sie innerhalb von zehn Minuten zu Celines Wohnung gelangen. Allerdings muss sie dafür die S-Bahn nehmen. Um den Spaziergang unauffällig in diese Richtung zu lotsen, ist der Fußweg zu lang. Ob sie eine Ausrede erfinden kann, Julia und ihr Date in die Straßenbahn zu locken? Gibt es in Celines Viertel eine Eisdiele, die als Ausrede herhalten kann? Hört mal, Leute, ich kenne da eine Gelateria, die das beste Eis der Welt macht, um dorthin zu gelangen, müssten wir nur ein paar Stationen...

„Was ist, hast du dein Handy verschluckt?"

Toni schüttelt sich. „Wieso fragst du nicht Mascha?"

„Erstens ist sie hetero, sie kann das nicht beurteilen. Und zweitens kommt Mister Nadelstreifen mir zu den Ohren raus."

Unfreiwillig muss Toni lächeln. „Na schön."

Als sie den vereinbarten Treffpunkt im Park erreicht, sitzt Julia schon auf einer Bank, neben einer Frau, die eher den Anschein einer kleinen Schwester denn einer Geliebten erweckt. Das halblange, grün gefärbte Haar hängt ihr ins Gesicht, sie riecht nach Himbeershampoo und sie ist so zierlich, dass Toni sich scheut, ihr zur Begrüßung die Hand zu reichen, aus Angst, sie könnte ihr beim Schütteln versehentlich die Finger abbrechen oder die Schulter auskugeln. Dann müssten sie sie zu einem Puppendoktor bringen.

„Toni", stellt sie sich vor und tätschelt zaghaft das Händchen dieser zum Umfallen filigranen Person.

„Okay, ich bin Rainy." Ihr Lächeln fördert unverhältnismäßig große Zähne zutage.

Julia, die Toni aufgeregt beobachtet, als erscheine

jeden Augenblick eine Punktzahl in ihrem Gesicht - auf eine Skala von 0 für unterirdabartunvögelbar bis 10 für sympathinteressexy, also zwischen ungeeignet und annehmbar - improvisiert ein Gespräch. „Zuerst dachte ich, Rainy sei ihr Spitzname, aber sie heißt wirklich so. Ihr Vater ist Amerikaner", erklärt sie.

„Ja, unser Familienname ist Day und meine Eltern fanden es witzig, mich Rainy zu nennen. Rainy Day, verstehst du?"

„Wieso nicht Sunny?", fragt Toni.

„Mom sagt, der nächstliegende Gedanke sei meistens der falsche", lächelt Rainy mit den großen Zähnen und das Grüppchen setzt sich in Bewegung. Rainy studiert Industriearchäologie und lernt nebenbei Japanisch. Abgesehen von ihrer Angewohnheit, in jeden zweiten Satz *okay* einzufügen, ist sie eine angenehme Zeitgenossin.

Zweimal umrunden sie den Park, flanierend und redend, bevor Toni bemerkt: „Vor Kurzem habe ich eine großartige Gelateria entdeckt, nur eine halbe Stunde von hier mit der S-Bahn. Wenn ihr Lu..."

„Das ist keine gute Idee", fällt Julia ihr ins Wort und legt einen Arm um Rainys Schultern.

„Leute, ich bin hohl wie ein Heißluftballon. Ich brauche jetzt wirklich etwas zu Essen."

„Okay", meint Rainy. „Aber ich esse nie auswärts."

„Wieso?" Toni sieht Julia an, dass sie das Thema am

liebsten vermieden hätte.

„Die können dir alles Mögliche ins Essen schmuggeln, von dem du nichts mitbekommst. Wenn sie Lust haben, kochen sie deine Nudeln in Urin oder rühren dir Drogen in die Limonade. Würdest du es bemerken? Nein! Du bekommst das Essen hübsch angerichtet auf dem Teller, aber wie es zubereitet wird, davon siehst du nichts. Die Regierung", fährt sie trotz Tonis erhobener Augenbraue unbeirrt fort, „könnte anordnen, dass in jedes Gericht bewusstseinsverändernde Substanzen eingestreut werden, um die Bürger abhängig und kontrollierbar zu machen."

„Okay", erwidert Toni gedehnt, „wenn dem so wäre, hätten wir sicher etwas davon mitbekommen."

Rainy schnippt mit den Fingern, als sei genau das der Punkt. „Das denken die Leute, aber in Wahrheit merken sie überhaupt nichts, weil die Sucht kollektiv auftritt und sich nur allmählich zeigt."

„Ich glaube nicht, dass die Regierung dafür die Hilfe der Gastronomie benötigt. Sie könnten die Substanzen einfach in allen verarbeiteten Lebensmitteln unterbringen, die wir im Supermarkt kaufen."

Da wird Rainy blass um die Nase und stimmt zu, bei einer Bäckerei vorbeizugehen.

Als sie, belegte Brötchen kauend, die Münder verschmiert mit Remoulade, einen Stehtisch in der Bäckerei belegen, rückt Rainy endlich mit den Standardfragen heraus. Toni rechnet es ihr an, dass sie während der ersten beiden Stunden darauf verzichtet hat, sie über Studium, Beruf und Beziehungsstand auszuhorchen. Entweder definiert sie sich tatsächlich nicht über Äußerlichkeiten oder Julia hat ihr nahegelegt, sich in Tonis Gegenwart mit Oberflächlichkeiten zurückzuhalten.

„Ich habe Literatur studiert." Toni lässt es mit Absicht wehmütig klingen, so als liege ihr Studium Lichtjahre zurück. Dann kann Rainy sich aussuchen, ob sie annehmen möchte, Toni habe die Hochschulzeit als nette Zeitverschwendung empfunden, abgebrochen oder sich einfach darauf besonnen, dass mit Literatur kein Geld zu verdienen ist. Direkt muss sie der kleinen Amerikanerin ihr Versagen nicht auf die Nase binden, aber zu lügen, kommt ihr schäbig vor. In viel schärfere Bedrängnis bringt sie die Frage: „Und was machst du so?", die inhaltsloser nicht sein könnte, bei der aber jeder weiß, was gemeint ist.

Rainy wartet auf eine Antwort, während Toni einen Bissen von einer Wange in die andere schiebt, um Zeit zu gewinnen.

„Ich bin Poetin", sagt sie, überrascht, wie plausibel es klingt, wenn sie es ausspricht. Klar, sie ist Poetin. Das wird sie ab jetzt immer antworten.

„Cool, das heißt, du schreibst Gedichte?" Rainy schäumt vor Bewunderung über. „Ich möchte sie lesen! Gibt es ein Buch von dir? Wo kann ich es kaufen?"

„Noch nicht. Ich gebe dir Bescheid, wenn es soweit ist."

„Okay! Und was machst du noch?"

„Wie meinst du das?" Toni stopft sich den Rest ihres Brötchens in den Mund.

„Von Poesie allein kann man nicht leben."

„Wie du siehst, lebe ich", antwortet Toni, nachdem sie den letzten Bissen umständlich zerkaut hat. Zu ihrer Erleichterung gibt Rainy sich damit zufrieden.

Kapitel 8

Ein Schwall heftiger Sehnsucht übergießt Toni, als sie die von Hecken und Gartentoren gesäumte Straße entlang schlendert. Sie könnte den Abend im Garten ihrer Eltern verbringen, die Füße im Gras, einen Gedichtband in der Rechten und die Linke in der Hand ihrer Freundin. Mama würde ihnen selbstgemachten Saft bringen und Marie über ihr Studium ausfragen.

Toni stockt. Ob sie noch immer mit Marie zusammen wäre, wenn ihre Familie sie nicht gleich beim ersten Treffen vertrieben hätte? Verliebt wie sie war, hatte sie sich ihre Beziehung wie einen Coming-of-Age-Roman vorgestellt, der, nachdem die Protagonistinnen ihre Liebe zueinander entdecken, sofort zum Happy End übergeht. Sie leben auf dem ausgebauten Dachboden ihrer Eltern, studieren gemeinsam Literatur, verbringen die Abende damit, über Schriftstellerinnen und die verschiedenen Auslegungen ihrer Werke zu debattieren und einander unersättlich zu lieben. Wenn sie einen Blick auf sich gerichtet spüren, küssen sie sich leidenschaftlich und lachen über die Spießigkeit der anderen. Sie werden Vorkämpferinnen für Gleichberechtigung und sexuelle Freiheit, alle ihre Freunde bewundern sie. Bei ihrer ersten Begegnung empfangen die Schwiegereltern sie mit offenen Armen als einen Teil der Familie.

Aber so kam es nie. In Wirklichkeit brauchten ihre Eltern eine halbe Stunde, um zu verstehen, dass Marie nicht gekommen war, um mit Toni Schminktipps auszutauschen, und dass „Freundin“ nicht bedeutete, dass sie beide in denselben harmlosen Jungen aus ihrer Klasse verknallt waren, sondern miteinander schliefen. Tonis Mutter schlug sich eine Hand vor den Mund, unfähig sich vorzustellen, was eine Partnerschaft zwischen zwei Frauen bedeutet. Ihr Vater, der sich gelegentlich mit Lesbenpornos beglückte (wie Toni am Verlauf des Browsers erkannte, wenn sie seinen PC benutzte), hatte hingegen ein genaueres Bild vor Augen. Sich seine Tochter in der Rolle einer sexbesessenen, stakkato stöhnenden Lesbe vorzustellen, die es mit drei anderen im Whirlpool treibt, behagte ihm nicht. Das Treffen endete, als Marie beschämt und wütend aus dem Haus stürmte und sich nicht von Tonis inbrünstigen Bitten zurückhalten ließ.

Vater und Mutter indes waren sich einig, Toni solle sofort aufhören mit ihren Experimenten und die Phase überspringen, in denen Mädchen glaubten, ein Kuss von der besten Freundin sei schon eine Liebesbeziehung. Sie würden nicht dulden, dass Marie und Toni sich unter diesem Dach küssten oder wer weiß was für widerliche Sachen trieben und solange sie nicht zur Vernunft gekommen sei, werde Marie keinen Fuß mehr über die Schwelle dieses Hauses setzen. Noch schlimmer wurde es, als Sandra davon erfuhr, denn sie ließ keine Gelegenheit aus, ihre Eltern an Tonis „Phase“ zu erinnern. Bei allem, was die damals schwangere, verlobte und durch ihren Partner finanziell abgesicherte Sandra von sich gab, schwang die Unterstellung mit, Tonis lesbische Neigung sei ein Beweis für ihre Unvernunft, ihre Unberechenbarkeit und ihren degenerierten Familiensinn. Vielleicht weil Toni sich mit aller Kraft gegen den unterschwelligen Opportunismus ihrer Schwester sträubte, ist sie heute genau das: unvernünftig, unberechenbar und einsam. Je entschiedener sie Sandra trotze, je mehr sie sich von ihr reizen und verletzen ließ, desto näher kam sie dem Bild, das ihre Schwester von ihr malte. Sie ertrug es nicht länger, die Menschen, mit denen sie zusammenlebte und die ihr einmal alles bedeutet hatten, gegen sich gerichtet zu spüren. Unter dem Gezeter ihrer Mutter und den zwischen Gleichgültigkeit und Wut schwankenden Tiraden ihres Vaters verließ sie ihr Elternhaus und zog zu Marie.

Hier war alles gut, hier war sie genug. Wochen lang schwebten sie dahin, getragen von den Schmetterlingen in ihren Bäuchen, den Falken in ihren Herzen und den Schlachtwägen unter ihren Füßen. Wenn sie sich berührten, schien es, als lasse ihre Liebe keine Fehler zu, als sprängen alle Hindernisse von selbst aus ihrem Weg. Wenn dem so war und es tatsächlich keine Klippe und keinen Eisberg gab, der ihnen gefährlich werden konnte, dann zerschellten sie schlussendlich aneinander, weil sie sich ungebremst aufeinander zubewegt hatten.

Marie hörte auf, Toni zu berühren. Dennoch war sie eifersüchtig auf Julia – die Einzige, der Toni ihren Kummer mitteilen konnte. Sie scheiterte daran, Toni von ihrem Tick, die letzte Treppenstufe zu überspringen, zu kurieren, störte sich an ihrer Kleidung, die sie viel zu leger fand, und hatte für ihre Affinität zu Villon nur Häme übrig. Die Schmetterlinge starben so schnell, wie sie geboren worden waren. Anfangs versuchte Toni, ihre Flügel an Fäden zu binden und sie wie Marionetten zu bewegen. Doch bald fiel ihr, wenn sie an Marie dachte, kein einziger schöner Vers mehr ein.

Sie wollte Julia verführen, um sich zu beweisen, dass sie es konnte. Aber Julia weigerte sich, was Toni, als sie wieder klar denken konnte, als einen Akt reiner Nächstenliebe begriff und sich vornahm, nie wieder etwas zu unternehmen, das ihre Freundschaft gefährden könnte. Julia war es auch, die ihr einen Schlafplatz auf dem Sofa freihielt und sich, ohne mit den Augen zu rollen, die depressiven Gedichte anhörte, die Toni nach der Trennung von Marie fließbandartig in ihr Notizbuch kritzelte. Sogar als Toni eine ihrer ersten Geliebten in Julias Wohnung mitnahm, blieb sie entspannt.

Vor einer himmelblau gestrichenen Doppelhaushälfte hält Toni inne und drückt das Klingelschild mit Karinas Namen.

Kapitel 9

Die Frau, die Toni an der Haustür erwartet, versucht mit einem scheuen Lächeln zu kaschieren, dass sie sie am liebsten ohne Umschweife an sich reißen würde. Teils, um schnell die Tür hinter ihr ins Schloss werfen zu können, damit die Nachbarn den Besuch nicht spitzkriegen und sie Toni später nicht als Großnichte zweiten Grades ausgeben muss. Karina hat Monate gebraucht, um den Mut zusammenzukratzen, der nötig war, Tonis Nummer zu wählen. Jetzt ist es zu spät, umzukehren oder sich einzureden, alles sei nur eine vorübergehende Geisterverwirrung gewesen, hervorgerufen durch die Einsamkeit, die Midlifecrisis, was auch immer.

Die beiden haben sich nur deswegen kennengelernt, weil sich Toni auf Julias Rat hin bei einer Dating-App angemeldet hatte. Obwohl sie ihren Account wenige Tage später löschte, brachte ihr die Aktion zwei, drei neue Kontakte, darunter Karina.

An den hellen Wänden des Flurs hängen Erinnerungsfotos. Familienurlaub in den Winterferien, Karina mit Ex-Mann und Sohn auf Skiern. Reise nach Nepal, die braungebrannte Karina mit einem mageren, schwarzhaarigen Mädchen im Arm, für das sie eine Patenschaft übernommen hat. Sommer. Der Ex-Mann am Grill, im Hintergrund die stillende Karina, von Freunden umgeben. Daneben Buntstift-Krakeleien von Kindern: Windschiefe

Häuschen, lachende Sonnen in den Ecken, Strichmännchen, deren platte Finger und Füße in erfundene Himmelsrichtungen abstehen. Ein Strichgebilde mit gelben Haaren trägt auf mehreren Bildern die Überschrift „Frau Stier", hier und da wahlweise ohne e oder mit h geschrieben.

„Diese kleinen Kunstwerke haben meine Schüler mir geschenkt", bestätigt Karina das Offensichtliche. „Ich schaue sie mir gern an. Findest du das albern?"

„Nein", sagt Toni, was nur halb gelogen ist. Sie bewundert Karina für die Herzlichkeit, denen sie den Grundschulkindern entgegenbringt, dennoch findet sie, ihre Kunstwerke wären in einer Schublade besser aufgehoben als an der Wand.

„Möchtest du etwas trinken?"

„Ein Glas Wasser wäre göttlich." Durst verspürt Toni zwar nicht, aber sie hat gelernt, dass sie dieser Frau Zeit lassen muss, um sie mit ihrer Nähe nicht zu überfordern. Sie gleich an der Tür zu überfallen, zu Boden zu ziehen und es zu treiben wie verhungerte Tiere, ist zwar eine verlockende Aussicht, mit Karina aber noch nicht durchführbar. Während diese in der Küche verschwindet, ruft Toni sich zurück ins Gedächtnis, was sie über sie weiß. Nicht viel. Karina ist geschieden, alleinerziehend und ein wenig verklemmt. Möglicherweise ist sie letzteres nur in Tonis Gegenwart.

Karina kehrt mit einem Glas zurück. Als sie sich dazu

durchrang, die hübsche Studentin anzuschreiben, schwitzte sie Blut und die Tasten ihres PCs klebten förmlich an ihren Fingern, aber es nützte ja nichts, ihre Fantasie wuchs ihr zum Kopf hinaus, wenn sie länger so tat, als gäbe es sie nicht. Sie fühlte, dass sie etwas Verbotenes vorhatte, etwas, für das sie sich vor ihren Bekannten würde rechtfertigen müssen. Doch niemand erfuhrt davon, dass sie sich in schwülen Nächten, die Hand zwischen den Beinen, volle Brüste und suchende Zungen anstatt Brustbehaarung und erigierte Penisse vorstellte, wie jede normale Frau es ihrer Vorstellung nach sollte. Niemand kam, sie dafür zu bestrafen. Und nun steht Toni bereits zum zweiten Mal in ihrem Flur, das Wasserglas an den Lippen, die Augen halb geschlossen, die nackte Kehle entblößt. Ihre Schönheit ist unscheinbar, da sie sich keine Mühe gibt, sie zu betonen. Dennoch zittern Karina in ihrer Gegenwart die Knie.

Tonis Gesten wohnt eine tiefe Selbstverständlichkeit inne. Mit einem Augenaufschlag stößt sie Karinas Zweifel beiseite, als wolle sie sagen: „Du brauchst dich vor mir nicht zu verstecken. Ich bin hier, weil du mich begehrst. Wir brauchen keine Umwege, um dorthin zu gelangen, wohin es uns beide drängt.“ Sie stellt das Glas auf dem Boden ab, gibt Karina keine Gelegenheit, sich noch einmal zurückzuziehen. Ihre Hände ergreifen den Saum ihres Pullovers und ziehen ihn sich über den Kopf. Darunter trägt sie nichts außer einem Bustier aus schwarzer Wimpernspitze.

Demütig schließt Karina die Augen und lässt die Luft aus ihren Lungen entweichen. Toni tritt an sie heran, ihre festen, kleinen Brüste berühren Karinas Rippen. Sie lassen den Takt ihres Atems sich angleichen, bis Karina es wagt, ihre Hände auf die Wimpernspitze zu legen. Alles an Toni ist zierlicher und jünger. Es kommt ihr vor, als habe dieses Mädchen eine neue Form von Weiblichkeit erfunden, eine sonderbare Ästhetik, derer sie sich nicht entziehen kann.

Toni öffnet Karinas Bluse und arbeitet sich unter den Schichten T-Shirt, Unterhemd, BH hindurch.

„Warte. Lass uns ins Schlafzimmer gehen", flüstert Karina. Dort sind die Jalousien zugezogen, die gebügelte Tagesdecke vorsorglich zurückgeschlagen. Toni knipst das Licht an. „Das... können wir ausgeschaltet lassen", druckst Karina.

„Ich würde dich gern anschauen."

„N-nein."

Ohne auf ihren Einwand zu achten, schlüpft Toni aus ihrer Hose. „Dann magst du mich nicht ansehen?"

„Doch. Aber..." Bevor Karina ihr klarmachen kann, dass sie sich hässlich fühlt, dass ihr Bauch schlaff und ihre Brustwarzen durch das Stillen zu dunklen Murmeln geworden sind, verschließt Toni ihr den Mund mit einem Kuss. Beim letzten Mal hat die Dunkelheit ihr geholfen, ihre Hemmungen fallen zu lassen, doch diesmal gestattet ihr Toni nicht, sich darin zu verstecken. Sie befreit Karina von ihren Kleidern und ermutigt sie, ihr Slip und Bralette abzustreifen. „Du bist genau so, wie du sein sollst“, flüstert sie.

Noch zögert Karina, doch Toni nimmt ihr die Entscheidung ab, indem sie sich zu sich aufs Bett zieht. „Fass mich an“, haucht sie, dass selbst ein Eiswürfel Gänsehaut bekäme, und presst sich an Karinas bebenden Körper.

So lange hat sie auf diese Gelegenheit warten müssen, hat ihr entgegengefiebert, doch nun, da Toni nackt und bereit unter ihr liegt, möchte Karina am liebten fortlaufen. Sie widersteht dem Drang, ihre Hände fortzustoßen, nur deswegen, weil sie zu höflich ist, um Toni einer derartigen Kränkung auszusetzen. Es ist, als habe sie unstillbaren Appetit auf eine Frucht. Sie braucht sie nur an sich zu nehmen, doch ungeachtet dessen ist die Frucht in Folie eingeschweißt, die sie sich nicht abzunehmen traut, weil sie befürchtet, das Ziel ihrer Begierde werde sonst zu Staub zerfallen. Sie fühlt das Gewicht der Frucht und der Duft raubt ihr fast die Sinne. Dennoch kann sie sie nicht kosten.

Toni schlüpft unter ihren Armen hinweg und rollt sich mitten auf das Bett, nah genug, dass Karinas schwerer Atem ihre Schenkel erreicht. Sie reibt ihre Knie aneinander, bevor sie sie langsam voneinander trennt und Karina im schonungslosen Schein der Deckenbeleuchtung alles darbietet, was ihr zur Verfügung steht. Damit geht sie ordentlich in Vorleistung, doch sie schämt sich nicht und wendet den Blick nicht von Karina ab.

Tonis Finger begeben sich auf eine Pilgerreise, besteigen andächtig die Hügel ihrer Brüste, ziehen zum Nabel und noch weiter nach Süden, während ihre Augen Karina gefangen halten. Sie streicht über die Innenseiten ihrer eigenen Schenkel, an denen jetzt nichts mehr geheim ist. Noch gleichen ihre Schamlippen der unbewegten Oberfläche eines Sees, der die Sonnenstrahlen eine Handbreit hineinlässt und die Juwelen, die auf seinem Grund schlummern, in Schwärze hüllt. Doch es wird Wind aufkommen, der die Wogen teilt und preisgibt, was er verbirgt. Dieser Wind besteht aus Tonis Fingern, die ihre Schamlippen teilen, sodass sich Karina alles entgegenwölbt, was sie in ihren Träumen tausendmal liebkoste. Toni beginnt, sich selbst zu befriedigen. Dabei lässt sie keinen Seufzer aus, denn sie erinnert sich, dass ihr Stöhnen beim letzten Mal imstande war, auch die letzten Reserven aus Karina heraus zu locken.

Langsam nimmt ihr Geschlecht die Farbe jener reifen Frucht an und Toni gleitet von ihrer Klitoris ab, ein Stück hinein in ihre Öffnung, hebt den Hintern und senkt ihn wieder, winselnd dem Orgasmus entgegensehend, bis Karina Tonis Beine umklammert und den Mund auf ihre geschwollene Spalte presst. Ungeübt, doch dafür umso leidenschaftlicher, vollendet ihre Zunge Tonis begonnenes Werk.

Keuchend zieht sie Karina zu sich, bevor diese es sich anders überlegen kann, und bringt sich zwischen ihren Beinen in Position. Karina kniet über ihr und bedeckt Tonis Gesicht. Ihre Hüften schaukeln, tastende Finger weiten sie, ohne einzudringen und Tonis heftiger Atem gibt ihr den Rest. Sie lässt sich gehen. Der Geschmack der jungen Frau hängt in ihrer Kehle und stachelt sie an. Ihr Kopf fällt zurück und sie erlaubt ihren Hüften, sich auf Tonis Zungenspitze zu winden, den köstlichen, kleinen Druckpunkt zu reiten und was immer für Töne sich dabei aus ihren Eingeweiden befreien, sie hält sie nicht länger zurück.

Mit ihrem Unterarm wischt Toni Karina den Saft aus der Spalte. Ist sie bis jetzt geschmeidig über das weiche, nasse Fleisch geglitten wie eine Eiskunstläuferin, erlaubt es die kurzzeitige Trockenheit ihr nun, sich rau an Karinas geschwollener Klit zu wetzen, so fest, dass sie schon befürchtet, die Zunge werde ihr im Rachen versinken. Sie muss schlucken, saugt, was Karina schier zur Verzweiflung treibt, drückt sich wieder dagegen, kreist und stößt, bis das Crescendo von Karinas Stöhnen ihr den Höhepunkt ankündigt.

Ihre umschlungenen Arme und Beine bröckeln auseinander, als die Spannung weicht. Toni verschwindet im Badezimmer, um mit etwas Wasser zu gurgeln. Als sie zurückkommt, sucht Karina bereits ihre Sachen zusammen.

„Hast du schon genug?", fragt Toni und lehnt sich nackt gegen den Türrahmen.

Überrascht schaut Karina zu ihr auf. „Meinst du etwa..."

„Ich bin kein Mann", grinst sie. „Hast du das vergessen? Bei mir hast du nicht gleich nach einmal Aufstöhnen deine Ruhe."

Errötend hält Karina darin inne, sich die Bluse anzuziehen.

„Hast du Spielzeug?", fragt Toni.

„W-was meinst..."

„Das, womit du es dir machst, wenn du allein bist."

„Da gibt es schon etwas", gibt Karina ausweichend zu, „aber das können wir nicht benutzen."

„Wieso nicht?"

„Nicht heute, bitte. Beim nächsten Mal vielleicht."

Kurzerhand legt Toni Hand an die Nachtkonsole und zieht aufs Geratewohl einen Kasten auf. Karina hält sie nicht zurück. Auch sie findet die Vorstellung erregend, was Toni mit dem Spielzeug anstellen mag, ist aber noch immer zu schüchtern, es zuzugeben.

Ein überlegter Griff genügt und Toni fördert den Vibrator zutage, den Karina ganz hinten im Sockenkasten gut versteckt zu haben glaubte: Ein blauer, leicht gekrümmter Stab mit Klitorisreizer.

„Damit lässt sich arbeiten", konstatiert Toni. „Ob man

den auch als Milchaufschäumer verwenden kann?"

Ein Lachen, das sie nicht unterdrücken kann, reißt Karina aus ihrer Starre und sie lässt sich erneut aufs Bett ziehen.

Zum Abschied umarmen sie sich lange. Ein Umschlag mit Geldscheinen steckt in Tonis Gesäßtasche. Dankbar streichelt Karina ihr über den Rücken, fest entschlossen, sie bald anzurufen, doch es wird noch lange dauern, ehe sie sich wiedersehen. Sobald die Ekstase sich legt, ihr Sohn vom Fußballtraining nach Hause kommt, die Nachbarn wieder am Gartenzaun stehen und plaudern und ein Kind ihr ein kleines, gekritzeltes Kunstwerk schenkt, wird Karina sich schämen für die Frau, die sie eine Stunde lang gewesen ist. Jahre werden vergehen, bevor Karina versteht, dass diese beiden Leben, das der Mutter und das der Lesbe, ein- und dasselbe sind, nämlich ihres. Noch ist sie nicht so weit, aber glücklich für den Moment.

Toni verlässt das Viertel auf dem Weg, auf dem sie gekommen ist, und gerade wollen die Gedanken an den Garten ihrer Eltern sie erneut anfallen, als ihr Handy klingelt. Auf dem Display erscheint Maschas Name.

„Ich möchte dich zu meinem Geburtstag einladen."

„Danke."

„Es wird eine kleine Feier, richtig kuschelig. Weißt du, Mister Nadelstreifen", da schaltet Toni auf Durchzug, Karinas Geruch in ihrer Nase lenkt sie ab, „ist gestern aus Oslo zurückgekommen, war eine Geschäftsreise, und weißt du noch was? Ich hab ihn eingeladen!" Mascha quietscht begeistert.

„Hm", macht Toni.

„Du könntest mir ruhig einen Preis verleihen oder sowas. Ich habe ihn gefragt, ich habe ihn gefragt!"

„Was hat er gesagt?"

„Er kommt!" Macha quietscht noch aufgeregter. „Er kann nicht lange bleiben, meint er, aber er wird vorbeischauen. Glaubst du das! Mister Nadelstreifen kommt zu *meinem* Geburtstag!"

Auf spitzen Zehen, barfuß, schwebend
nähere ich mich deinem Willen,
komm ich, um den Durst zu stillen,
spür von Ferne schon dein Beben.
Leis! Die Tür zu deinem Leben,
sacht nur rühre ich sie an,
dass der Dunst entweichen kann.
Frischer Atem wird dich segnen
und berühren ewig lang.

Drinnen liegst du in den Wehen,
presst Erniedrigung und Scham
unter Schmerz dir aus dem Leibe.
Da, ich kann das Kind schon sehen!
Ein gesunder, kleiner Wahn,

der Erlösung schreit und Freude.
Legst das Kind mir in den Arm,
auf dass ich selig dich beneide,
und dein Lächeln ist so warm.

Kapitel 10

Die Stunden, die Toni mit Karina verbracht hat, scheinen eine unsichtbare Barriere aufgebrochen zu haben. Plötzlich ruft die Journalistin an, die seit Wochen nichts von sich hören ließ. Noch während sie telefonieren, trudelt eine SMS von Tugce ein, dann noch eine (Oh, es ist nur Mascha, die Toni die Uhrzeit ihrer Geburtstagsfeier mitteilt...) und schließlich meldet sich auch Adelheid, die wohlhabende Witwe. Der Monat ist gesichert.

Wann immer es klingelt, nimmt sie mit einem zufriedenen Lächeln an und so übersieht sie die 009 am Ende von Celines Nummer, als sie auf den grünen Hörer tippt. Kurz überlegt sie, ob es besser wäre, ihrer jüngsten Strategie nach einfach nichts zu sagen, doch nachdem sie bereits enthusiastisch ihren Namen in die Leitung gehaucht hat, fühlt es sich albern an, Celine jetzt wie ein bockiges Kind anzuschweigen. „Wie geht's dir?"

Celine ignoriert die förmliche Frage, was Toni vor den Kopf stößt und sie aus ihrer erhabenen Opferrolle herauskatapultiert. Irgendwie hat sie erwartet, Celine werde sich weiter um sie bemühen, sie noch einmal um Verzeihung bitten, sie anflehen, ihrem Leben wieder einen Sinn zu verleihen, indem Toni auf der Stelle zu ihr fahre und sie liebe. Idiotisch, muss Toni sich eingestehen, war sie es doch, die Celine vor ihrem halb geleerten Teller Gemüsereis sitzen ließ.

„Ich wollte es dir sagen, als wir uns das letzte Mal sahen", sagt Celine so kühl, wie Toni es gern wäre. „Als keine Überraschung. Aber es hat sich nicht ergeben."

Toni schluckt, kriegt ihr Ego aber nicht ganz runter. Es ist, als müsse sie eine Kröte durch ihren trockenen Rachen würgen. Nahezu unmöglich.

„Gestern", fährt Celine fort, „hat unser Intendant mich einem Regisseur vorgestellt, der bekannt ist für seine unkonventionellen Inszenierungen. Es soll ein neues Stück geben, mit mir in der Hauptrolle."

„Schön für dich", schnappt Toni, die noch beleidigt ist von der Abfuhr, sie sie eben bekommen hat.

„Das Projekt, das wir planen", Wir! Als ob eine einfache Schauspielerin irgendein Mitspracherecht bei den Entscheidungen des Intendanten hätte, „soll eine Kooperation zwischen Profis und Laien sein. Das Thema ist vorgegeben, doch die Handlung ergibt sich erst aus den Emotionen der Darsteller, quasi durch Improvisation. Nun wäre es für das Publikum viel zu anstrengend, das Stück vollkommen ohne Text auskommen zu lassen, darum brauchen wir einige Vorgaben, die wir proben und an denen wir uns entlanghangeln können. Verstehst du, was ich meine?"

„Mhm."

„Der Regisseur wünscht sich ein paar geballte, starke Texte. Mit der richtigen Portion Sinnlichkeit. Solche, auf denen wir aufbauen können." Sie überlegt, ob sie weiter ins Detail gehen soll, entscheidet sich aber dagegen. „Also, der Grund meines Anrufs ist – ich habe dich vorgeschlagen. Als Autorin für das Stück."

Auf einmal entfleucht Tonis Stolz in einen Gully, wo er mit schwarzen Augen verstört durch die Ritzen nach draußen lugt. Was hat Celine gerade gesagt?

„Du musst dich nicht sofort entscheiden, aber es wäre von Vorteil, wenn du uns bis Freitag ein paar deiner Gedichte als Arbeitsproben zukommen lassen könntest. Thilo", offenbar der Name des Regisseurs. Wieso nennt sie ihn beim Vornamen, wenn sie sich gerade erst kennengelernt haben?, „wird sich auch Proben von anderen Künstlern ansehen. Je eher du ihn überzeugst, desto besser für dich."

„I-ich... naja, worum soll es denn gehen in dem Stück?"

„Der Kampf um Troja, sagt dir das was?"

Selbstverständlich sagt Toni das was! Unterstellt Celine ihr gerade, die Ilias nicht gelesen zu haben?

„Wie du vielleicht weißt, entführt Paris, der trojanische Prinz, die schöne Helena und löst damit den Krieg zwischen Troja, Sparta und Griechenland aus. Helenas Ehemann Menelaos und die Griechenkönige..."

„Ich weiß", fällt Toni ihr ins Wort. „mit dem Mythos habe ich mich hinreichend beschäftigt. Und ehrlich gesagt klingt es für mich nicht sehr reizvoll, über einen derart... unverhältnismäßig sinnlosen Krieg zu schreiben."

„Es geht nicht um den Krieg, sondern um die Liebe zwischen Paris und Helena. Darum, alles aufs Spiel zu setzen, selbst die Feindschaft ganzer Völker in Kauf zu nehmen, um seiner eigenen Bestimmung folgen zu können."

„Soweit ich weiß, ist Helena nach Paris' Tod zu Menelaos zurückgekehrt", sagt Toni spitz. „Ich mag sie nicht."

Celine kichert. „Es geht um den Moment der Liebe, Toni. Die Figuren sind mehr oder weniger Platzhalter. Wir könnten Romeo und Julia adaptieren, Kabale und Liebe, Stella, Der Besuch der alten Dame... es ist immer dasselbe, oder?"

„Nein, ist es nicht", widerspricht Toni.

Es gibt diese Schmetterlingsliebe, die sie einmal mit Marie verband. Aufgeregtes Flattern, der süße Duft von Nektar, Wind unter den Flügeln. Das ist, als ob Frühling in dir aufblüht. Diese Willenskraft, die zarte Schönheit von Knospen, die zu Blüten werden, sich öffnen für die Sonne, das Leben, für Schmetterlinge – bis Frost kommt und die Blüte, die freudig ihrem Wandel zur Frucht entgegensah, stirbt.

Dann gibt es die Sommerschauerliebe, die dich allmählich durchweicht, die dich tanzen lässt, obwohl du dich lieber unterstellen und verstecken möchtest. Die dir jede Sicherheit nimmt, um dir dafür etwas viel Wertvolleres zu schenken.

Dann wäre da noch die Funkenliebe, die dich Feuer fangen lässt, sooft sie dich erfasst. Wenn du glaubst, bis auf die allerletzte Faser ausgebrannt zu sein, ruft sie dich, damit du auferstehen mögest wie der Phönix aus der Asche. Sie nimmt und nimmt und entschädigt dich für alles, wenn du nur nicht in Versuchung kommst, sie festhalten zu wollen.

Es gibt auch die goldene Liebe, die, wenngleich schwer, selten und von tausend Neidern gefährdet, die beständigste und schönste von allen ist. Gehegt und von Zeit zu Zeit poliert, überdauert ihr Strahlen alles. Dies ist die Liebe, die Toni als kleines Mädchen an ihren Großeltern spürte. Sogar das Sterben traten sie als gemeinsame Reise an, als vereinte Teile eines Ganzen, und Toni ist sicher, selbst wenn sie getrennt worden wären, hätte eine Seele auf die andere gewartet, Äonen lang.

Auch Plastikliebe gibt es, aber die ist nicht der Rede wert, weil sie von Plastikmenschen verlebt wird, die das Wort vergewaltigen und strecken, bis es zum Krüppel geworden ist.

Die Morgensternliebe bringt dich zum Bluten, wenn sie dich durchbohrt. Wenn du unter Aufbietung all deiner Kräfte dir einen Stachel aus deinem Fleisch gezogen hast und den Rest deiner Würde dafür aufzehrst, die Wunde zu schließen, die er hinterlässt, bleiben noch immer unzählige Stacheln zurück, die dich mit der Liebe ringen lassen, von der du nicht loskommst, die so tief sitzt, obwohl du ihre Schmerzen nicht erträgst. Vielleicht ist es auch gar keine Liebe, sondern Sehnsucht. So stark, dass du glaubst, es könne sich um nichts anderes handeln als um Liebe.

Bleibt nur noch die Selbstliebe – mit allen verwandt und dennoch absonderlich. Einige meinen, sie sei die Basis eines jeden positiven, in die Welt gerichteten Gefühls, der Grundakkord wahren Erkennens. Andere hören nur ihren Namen und übersetzen ihn in ‚Narzissmus'.

Tonis Liebe ist wie ein Prisma aus Kristallglas, das das Licht beantwortet. Sie ist da, existiert, ohne sich aus eigener Initiative einer Richtung zuzuwenden. Sie spaltet das Gute eines Menschen in Farben auf, in sichtbares Leuchten, in Regenbögen aus Zuneigung, Wohlwollen, Leidenschaft, Mitgefühl, Begehren, doch sobald ein Schatten auf diese Liebe fällt, zieht sie sich zurück und verlischt.

All das liegt unausgesprochen zwischen ihnen im Schweigen. Vielleicht begreift Celine, was Toni denkt. Wahrscheinlicher ist jedoch, dass sie auf eine Erklärung wartet, die nicht kommt, bevor sie seufzt: „Wie gesagt, du kannst es dir überlegen. Es gibt eine Gage. Kein Vermögen, aber immerhin."

„Hm. Mal schauen."

„Ja."

„Danke." Toni legt auf.

Bestimmt bist du neugierig auf Tonis erstes Mal. Nicht das mit Marie, sondern das mit dem Geld. Wie kommt es, denkst du dir, dass eine junge Frau, der doch alle Türen offenstehen (außer die ihrer Eltern und die ihrer großen Liebe), sich vor lauter Verzweiflung auf die Fleischtheke legt? Oder du denkst jetzt, es sei ein himmelschreiendes Klischee, Tonis Entscheidung auf ihre Verzweiflung zu schieben, wo doch auch junge Frauen aus stabilen Familien und mit intakten Beziehungen sich prostituieren, weil der Luxus lockt, oder einfach darum, weil sie es wollen. Über diese Frauen kann ich dir nichts sagen. Ich habe nicht in ihre Köpfe geschaut. Aber was in Toni vorgeht, das kann ich dir verraten.

Der Abend, an dem sie es zum ersten Mal tat, war laut und einsam. Toni lehnte an einer Bar und hielt sich an einem Cocktail fest, dessen Eiswürfel langsam in ihrer schwitzigen Hand zu Nichts zerschmolzen. Abwesend sah sie Julia dabei zu, wie sie sich auf der Tanzfläche an eine langbeinige Femme heranpirschte. Sie wünschte sich, sie wäre daheim auf Julias Sofa geblieben, anstatt sich zu einer Kneipentour überreden zu lassen. Die gutgemeinte Absicht ihrer Freundin, sie nach der Trennung von Marie auf andere Gedanken zu bringen, verfehlte gerade gründlich ihre Wirkung. Anstatt sich zu entspannen, verkrampften Tonis Gesichtsmuskeln sich von Minute zu Minute. Die DJane spielte einen Song von Tina Turner. *What's love got to do with it*. Ihre Existenz erschien ihr immer überflüssiger, je länger sie darauf wartete, dass Julia die Initiative ergriff und vorschlug, es für heute genug sein zu lassen.

Ihre Unlust musste selbst im gedimmten Licht des Clubs weithin sichtbar sein. Umso mehr überraschte es Toni, als jemand sich auf dem Barhocker neben ihr niederließ und ihren ins Leere gerichteten Blick auffing.

„Du siehst aus, als wärst du lieber woanders", sagte die Frau, ohne Toni einen Drink anzubieten oder für sich selbst einen zu bestellen. Eine Strähne hatte sich aus ihrem kurzen, über einen voluminösen Wirbel zurückgekämmten Haar gelöst und hing ihr in die Stirn. Um wie viele Jahre sie älter war, ließ sich schwer abschätzen, zumal Toni, das Gesicht noch immer zur Faust geballt, sich nicht einmal die Mühe machte, näher hinzusehen.

„Kein Interesse."

„Verstanden", erwiderte die Frau, obwohl ihre Stimme das Gegenteil behauptete. „Wieso sitzt du hier, wenn du lieber wen erlegen würdest?"

Toni ließ sich zu einem Schulterzucken herab. Marie zu erlegen wie ein tollwütiges Wildschwein war kein allzu abwegiger Gedanke, aber sie wird den Teufel tun, der Fremden etwas von Liebeskummer, Familiendrama und Depression vorzuheulen.

„Keine gute Zeit für dich?"

„Nein."

„Was ist es?" Die Frau lehnte sich gegen den Tresen

und blickte sie an wie eine Vertrauenslehrerin.

„Freundin weg, Studium weg, Sinn des Lebens weg", gab Toni ihr einen Abriss der derzeitigen Situation. „Um es mit Shakespeare zu sagen: Scheiße."

„Was du brauchst, ist ein bisschen Gesellschaft."

Toni schüttelte den Kopf.

„Solltest du bei allem Übel auch noch knapp bei Kasse sein, hätte ich einen Vorschlag für dich."

Tonis finanzielle Lage war gerade so knapp, dass sogar die aussätzigen Bettler in den Straßen Bangladeschs ihr aus Mitleid eine Münze in den Hut geworfen hätten. Ihre Eltern hatten ihr jegliche Unterstützung entzogen, um sie „zur Vernunft" und dazu zu bringen, ihr Studium wieder aufzunehmen. Nichts davon erschien Toni als ein erstrebenwertes Ziel. Wenn sie mittags auf Julias Couch erwachte, das Gesicht vom eigenen Sabber verschmiert, war sie sogar zu träge, die Fliege fort zu wedeln, die sich durstig an ihr zu schaffen machte. Seit Wochen hatte sie kein Buch mehr zur Hand genommen. Abgesehen von Essen, Schlafen und Pissen war ihr jedes Bedürfnis abhandengekommen.

„Einsam zu sein, tut keinem gut. Ist zudem völlig unnötig bei einem hübschen Ding wie dir. Komm mit ins Hotel, ich zahle 200 für eine Stunde und der Champagner geht auf mich."

„Schieb deinen Hintern aus meiner Aura", knurrte Toni und funkelte die Fremde noch feindseliger an als zuvor.

„Ich bin keine Hure, wenn du das meinst."

„Das meine ich durchaus n..."

„Kein Wort mehr. Lass mich in Frieden und komm nicht noch einmal auf die Idee, mich auch nur von Weitem anzusehen."

„Gut. Wenn du es dir anders überlegst – ich bin noch eine Stunde hier. Eine Stunde. Denk darüber nach."

Und Toni dachte darüber nach. Die Worte der Frau fraßen sich durch ihr Hirn wie bösartige Piranhas. Auf der Tanzfläche biss Julia sich an den Lippen der Langbeinigen fest und der Weg, den ihre Hände nahmen, verriet, dass sie nicht zusammen mit Toni nach Hause gehen würde. Klar, wenn Toni sie darum bäte, würde Julia sich ihr zuliebe loseisen und ihr niemals vorhalten, dass sie sie wegen ihres Selbstmitleids um eine Wahnsinnsnacht gebracht hatte. Aber Toni missfiel die Aussicht, an diesem Abend noch tiefer zu sinken.

200 für eine Stunde. Was hatte sie zu verlieren? Außer ihrer Ehre, aber Toni hält Besagte für ein höchst religiöses Konstrukt, und da sie bei Gott und seinen Institutionen als Lesbe ohnehin untendurch ist, nimmt sie die Herausforderung an.

Es fühlt sich nicht falsch an. Im Gegenteil. Die Zunge der Fremden ist weich. Sie fragt nicht einmal nach Tonis Namen und sie zahlt. Der Champagner steigt Toni zu Kopf, sie kommt in Stellungen, die sie mit Marie nie ausprobiert hat. Es tut gut, weiterzureisen, nicht stehen zu bleiben in dieser eiskalten Pfütze aus Frust. ‚Bin ich Marie überlegen oder mir selbst?‛, fragt sie sich, aber spricht es nicht aus, denn ihr Mund ist beschäftigt.

Kapitel 11

Zwar gibt Toni es vor sich selbst nicht zu, aber ihr Ego fährt Kettenkarussell, seit Celine sie vorgeschlagen hat als... tadaa! Autorin. Ein bekannter Regisseur kennt jetzt ihren, Tonis, Namen. Oder sagte Celine nur etwas wie: ‚Ich habe da eine Freundin, die schreibt nette Gedichte...'? Unmöglich, jemand wie sie gibt sich weder mit *Freundin* noch mit *nett* zufrieden. Sie hält Toni für geeignet, einen Text zu schreiben, den *sie*, die wunderschönste und gefühlsvollste Schauspielerin, die die Bühne dieses Provinztheaters jemals gesehen hat, vor einem ausverkauften Saal rezitieren wird. Der Gedanke ist Koks für ihr künstlerisches Zartgefühl und Toni verfällt in einen Schaffenswahn, in dem sie abwechselnd Internetseiten über Troja und die griechische Mythologie studiert und die gesammelte Inspiration hernach seitenweise in ihr Notizbuch wichst.

Ihren Freundinnen erzählt sie vorerst nichts davon. Sonst müsste sie zugeben, dass sie ernstlich in Erwägung zieht, die Gedichte als Arbeitsproben ins Theater zu schicken. Eigentlich hält sie sich nicht für gut genug, aber Celine traut ihr zu, die richtige Poetin für den Job zu sein, und hat Toni sich nicht kürzlich selbst als Poetin bezeichnet? Noch etwas, das sie nicht zugeben kann: Celines Meinung bedeutet ihr viel zu viel. Weil Celine ihr etwas bedeutet. Julia und Mascha würden das sofort bemerken, darum erfahren sie nichts von der Flut, die sich in ihr Notizbuch ergießt.

Nervös suchen Tonis Hände nach einem Ort, an dem sie bleiben können. Kurz verweilen sie an Tugces samtweichem Po, aber nicht einmal diese küssenswerte Rundung vermag, sie festzuhalten. „Wie war dein Tag?", nuschelt Toni.

„War ganz okay", antwortet Tugce und erinnert sie damit an Rainy. Seltsam, dass Julia sich seit ihrem Treffen zu dritt nicht mehr gemeldet hat. Aber sei es drum, Toni kann sowieso kaum noch Zeit erübrigen, seit sie sich kopfüber in diese Troja-Sache gestürzt hat. Wie eine Süchtige hängt sie an ihrem Notizbuch, krankhaft versessen darauf, den Stift über das Papier kratzen zu lassen, immer auf der schmalen Schneide zwischen der Befriedigung, ein passendes Wort gefunden zu haben, und dem Fieber, bereits das nächste zu suchen. Ihr Hirn sitzt in einem Raumschiff, das den Orbit der unendlichen Möglichkeiten nach genau *dem* Wort absucht, das sie braucht. Hat es eines gefunden, landet es, um Toni das Wort vorzuführen. Entweder es passt oder das Gleichgewicht verschiebt sich zugunsten des verzweifelten Fiebers und schon hebt es wieder ab, während Toni darauf wartet, dass ihr Hirn mit der richtigen Idee zurückkehrt.

Tugces Duft kitzelt ihre Nase und ihre Sinne, aber ihr Kopf ist auf Reisen.

„...habe ich die Präsentation fortgeführt, weil Vito so dringend pinkeln musste, dass er sich keine Sekunde länger konzentrieren konnte. Er hat sich entschuldigt, um irgendein wichtiges Dokument zu holen, und mir das Wort übertragen. Erst im Nachhinein gestand er mir, warum er tatsächlich unterbrechen musste. Wir haben Tränen gelacht. Keine Ahnung, warum er sich ausgerechnet vor mir outet. Wahrscheinlich deshalb, weil ich diejenige war, die das ganze... Toni? Sitzt da ein Einhorn auf meinem Bett?"

„Ich höre dir zu."

„Nein, du starrst seit Minuten ins Leere. Ich komme mir vor, als würde ich eine Puppe streicheln." Tugce lässt Toni stehen und geht, ungeachtet ihrer Nacktheit, in die Küche. „Wenn du keine Lust hast, dann komm nicht her. Ich will mich entspannen, runterkommen, und nicht noch Arbeit darin investieren, dich auf Touren zu bringen. Passt dir etwas nicht? Dann sag es ruhig."

„Nein, es ist... nichts. Ich war mit den Gedanken woanders."

„War nicht schwer herauszufinden. Kaffee?"

„Cappuccino bitte."

Wortlos bedient Tugce den Kaffeeautomaten.

„Ich habe ein Angebot bekommen." Da die Unternehmerin sie weder ermutigt noch ihr das Wort abschneidet, spricht Toni weiter. „Ich soll ein Libretto fürs Theater schreiben, für ein experimentelles Stück. Eine Bekannte hat mich vorgeschlagen und sie zahlen sogar eine kleine Gage."

„Du schreibst?"

„Ja. Gedichte und anderes, was mir in den Sinn kommt."

„Hast du schon die Zusage?", fragt Tugce und blickt Toni nun aufmerksam an, während sie ihr die heiße Kaffeetasse reicht.

„N-nein. Ich feile noch an den Probetexten, weil ich mir nicht sicher bin, was das Theater will."

„Unsinn. Du weißt nicht, was *du* willst", versetzt Tugce. „Sind deine Texte gut?"

„Ja. Denke schon", fügt Toni hinzu, um nicht zu klingen, als sei sie von sich selbst eingenommen. Als das, was in ihrem Notizbuch stand, noch ihr selbst gehörte, erschien ihr alles gut genug. Sie las Gedichte anderer bekannter und unbekannter Autoren, verglich sie mit ihren eigenen und fand, dass sie im Vergleich dazu durchaus sprachliches Feingefühl besaß. Sie ergötzte sich an ihren eigenen Metaphern, an den Bildern, die sie malte, und war doch zu hochmütig, sich der Öffentlichkeit zu stellen. Die Gedichte zu publizieren, würde bedeuten, sich Kritik auszusetzen, die nicht ihre eigene ist, Meinungen zu ertragen, die ihr unfundiert erscheinen, die Gefahr in Kauf zu nehmen, dass Leute über sie urteilen, die ihre Gedichte nicht verstehen. Überhaupt ist die Aussicht, nicht so verstanden zu werden, wie sie es wünscht, Teil ihrer größten Angst.

„Lies sie mir vor“, reißt Tugce sie erneut aus ihren Gedanken. „Die Probetexte meine ich.“

„Bist du dir sicher?“

„In einem bin ich mir ganz sicher: Wenn du nicht aufhörst, über diese Texte nachzugrübeln, kommen weder du noch ich heute zum Orgasmus. Ich höre sie mir an, sag dir, was ich davon halte und dann schließen wir das Thema ab.“

„Einverstanden“, sagt Toni und kann nicht verhindern, dass ein dümmliches, kindliches Strahlen ihre Miene beseelt.

Frage mich nicht, Helena,
was ich glaub, in dir zu sehen.
Selbst wenn ich blind und geistesleer,
ja, wenn ich nie geboren wär,
bliebst du wie Sommernächte schön.

Pfeile, Speere, Feindesschwert,
nichts ist so tödlich, nichts so scharf
und auch kein Krieger, den ich traf,
durchbohrte je des Gegners Brust
so endlos qualvoll wie dein Kuss.

Mir ist, als wenn ich sterben muss.
Ein Bettler auf dem Thron der Welt.

Ein Traum, zu schön, um zu erwachen,
so geht es mir, wenn du mich hältst.
Die Königin liebt mich, den Narren.

Und dankbar möchte ich vergehen,
zu Füßen aller guten Götter.
In deinen Armen, Helena,
vergesse ich, mich umzusehen
und fort sind all die Neider, Spötter.

Fort auch mein Stolz, und fort
die Angst vor dem Versagen.
Solang dein Lächeln mir gehört,
will ich dir folgen, wenn du führst,
und alle Opfer, gleich wie schwer, ertragen.

Den Sternen nach, Geliebte mein,
lass niemals fahren meine Hände!
Dann trägt der Sturm uns gnädig weit,
am Horizont gerinnt die Zeit,
damit wir lieben, lieben bis zum Ende.

Anerkennend legt Tugce die Stirn in Falten und nickt zum Zeichen, dass sie noch mehr hören möchte. Also liest Toni so pathetisch, wie sie es spät abends vor ihrer nackten Geliebten eben zustande bringt, weiter. Dabei sprüht neues Selbstbewusstsein durch ihre Poetenadern und der Respekt in Tugces Gesten beflügelt sie.

„Ehrlich, Toni. Du musst aufhören, nur an dich selbst zu denken. Das, was du da schreibst, gehört auf eine Bühne, in ein Buch, vor Augen und Ohren eines dankbaren Publikums. Es wäre purer Egoismus, alles für dich selbst zu behalten."

„Du glaubst, ich kann es so lassen? Kann ich es einschicken, so wie es jetzt ist?" Sie blättert zurück. „Ich überlege noch, dieses Wort zu ändern..."

„Nein", unterbricht Tugce sie energisch. „Es ist perfekt. Morgen bringst du das höchstpersönlich zum Theater und gehst nicht eher wieder, bis sie es gelesen haben und wenn sie nur ein Fünkchen Kulturverstand besitzen, behalten sie dich da."

Ein erleichtertes Lachen bricht wie die Flut durch einen Damm aus Toni heraus. „Du hast keine Ahnung, wie gut es tut, dass du das sagst." Sie klappt ihre Notizen zu. Jetzt springen Tugces Reize ihr ins Auge, ihr Kopf ist befreit und das Hirn dort, wo es in diesem Moment hingehört, nämlich zwischen den Beinen. Sie leert ihren Cappuccino in einem Zug und leckt sich die Lippen. „Bin soweit."

Tugce lächelt und überkreuzt lässig ihre Knie. „Wie du vielleicht bemerkt hast, habe ich dich in die Küche gelockt. Öffne den Kühlschrank."

Toni gehorcht. Veganer Joghurt, Marmelade, eine Fertigpackung Gnocchi... Gurken. Im Salatfach findet sie zwei makellose, grüne Gurken. Ein Grinsen zerläuft auf ihrem Gesicht. „Denkst du, wovon ich denke, dass du es denkst?"

„Und ob." Tugce erwidert ihren frechen Augenaufschlag.

„Glaub es oder nicht, aber ich habe das noch nie probiert."

„Das glaube ich dir", lacht sie und holt aus einer Schublade zwei Tütchen mit Präservativen. Sie trocknet die Gurken mit einem Geschirrtuch und legt sie neben den Kondomen auf die Anrichte. „Lust auf ein Dessert nach dem Kaffee?"

Auf einmal fällt Toni auf, dass sämtliche Küchengeräte von der Bartheke verschwunden sind. Die Arbeitsplatte glänzt einladend. Tugce platziert ihren Hintern auf der freien Theke und lehnt sich zurück. „Leck mich, Toni."

Den Gefallen wird sie Tugce erweisen - aber nicht sofort. Gelassen entledigt Toni sich ihrer Kleider und tritt an ihre Geliebte heran, indem sie ihre Beine teilt. Mit festem Griff um Tugces Hüfte zieht sie sie zu sich, sodass ihre Möse Tonis Bauch berührt. Toni hält sie an sich gepresst, reibt sich an ihr, während sich ihre Münder wortlos versprechen, was noch kommen wird.

Sie nimmt sich die Zeit, Tugces Nippel zu küssen, bis sie verzweifelt aufstöhnt und sich stärker gegen Tonis Mitte drängt. Erst dann geht sie in die Knie, schiebt Tugces Beine ganz auseinander und vergräbt ihr Gesicht in dem heißen, erwartungsvoll pulsierenden Fleisch. Dabei lässt sie ihre Hände ganz aus dem Spiel und verwöhnt Tugce allein mit der Zunge, dringt in die weiche, zuckende Öffnung ein und saugt den Saft von ihrem Venushügel. Kurz bevor ihr Unterleib sich vor Erlösung zusammenziehen kann, lässt Toni von ihr ab und streift ein Kondom über die Gurke.

In Tugces Augen funkelt hemmungslose Begierde. Sie spreizt die Beine und erlaubt Toni, die Gurke an ihrer Spalte zu reiben, bevor sie sie langsam, Zentimeter für Zentimeter, darin versenkt. Keuchend schaut Tugce an sich herab. Der Anblick macht sie wahnsinnig vor Geilheit. Sie beobachtet, wie die Gurke samt Kondom in ihr verschwindet und glänzend wieder zwischen ihren Schamlippen zum Vorschein kommt, als Toni sie in Zeitlupe wieder herauszieht. Plötzlich muss sie lachen, aber Toni stimmt nicht ein, sondern setzt eine Miene andächtiger Ernsthaftigkeit auf, während sie es ihr mit der Gurke besorgt. Mit den Fingern der freien Hand tippt sie auf Tugces Klitoris wie auf ein Morsegerät, reibt, kreist, tippt weiter lautlose Botschaften, die nirgendwo ankommen und nur durch entzücktes Stöhnen beantwortet werden.

Tugce lässt sich zurückfallen und sinkt der Länge nach auf die Theke. „Ja!“, schreit sie und ihr Unterleib krampft sich zusammen, als sie kommt.

„Ich glaube, ich möchte nicht auf einer Gurke reiten“,

sagt Toni, als Tugce den Spieß umzudrehen gedenkt.

„Schade. Schau, ich hab extra eine für dich gekauft, für dich ganz allein." Grinsend wedelt Tugce mit dem noch jungfräulichen Gemüse.

„Ist nicht mein Typ."

Sie hebt die Schultern. „Na schön, dann mach uns beiden stattdessen einen Gurkensalat."

Kapitel 12

Toni verschluckt fast ihre Zunge, als sie irgendeiner Assistentin ihr Anliegen ins Ohr stammelt.

„Wie war der Name? Nein. Nein, davon ist mir nichts bekannt."

„C-Celine hat mich vorgeschlagen. Als Autorin für das Stück", sagt Toni und möchte sich dafür ohrfeigen, dass ihr ausgerechnet jetzt Celines Nachname nicht einfällt.

„Von welchem Stück sprechen wir?"

„Es geht um Troja, sagte sie, um die Liebesbeziehung zwischen Helena und Paris. Der Regisseur heißt Thilo, glaube ich, und ich sollte bis Freitag ein paar Probetexte einreichen."

„Hm", macht die Frau am Telefon. „Sie kommen eine Woche zu spät. Ich fürchte, Herr Feldweiser hat bereits einige Autoren in die engere Auswahl genommen."

„Es ging nicht eher." Toni beißt sich auf die Unterlippe. Vielleicht hätte sie sich ohne Tugces liebevollen Anstoß überhaupt nicht dazu durchgerungen, ihrem Geschreibsel eine Chance einzuräumen. Eine reelle Chance. „Wäre es eventuell möglich, dass ich… kann ich meine Texte nachreichen?"

„Diese Entscheidung liegt nicht bei mir. Das Theater hat seine Abläufe."

„Verstehe. Aber wenn Sie so freundlich wären, mir die Telefonnummer des Regisseurs…"

„Seit der neuen Datenschutzverordnung geht das nicht

mehr. Herr Feldweiser arbeitet als Gast in unserem Haus, ich kann nicht einfach ungefragt seine Daten weitergeben."

Tonis Fingerknöchel knacken und ein Gefühl, als ob klammer Pelz ihren Nacken emporkriechen würde, piesackt sie.

„Wenden Sie sich an die Dame, die Sie vorgeschlagen hat, das wird wohl das Einfachste sein", empfiehlt die Theaterfrau, bevor sie auflegt. Ein guter Gedanke – wenn Toni Celines Nummer gespeichert hätte. Sie wird nicht umhinkommen, in die Straßenbahn zu steigen, die vertrauten Stationen hinter sich zu lassen und... was, wen Celine nicht zuhause ist oder – noch schlimmer – nicht allein?

Toni lässt die Seiten des Notizbuchs über ihren Daumen springen und verliert sich im Geräusch der flatternden Seiten. Wie die Flügel eines weißen Vogels, dessen Gefieder von ihrer krakeligen Handschrift verunziert ist. Papierener Duft streift ihre Sinne und Tugces Worte erinnern sie mit einem sanften Klaps auf den Hinterkopf daran, dass gerade der denkbar ungeeignetste Zeitpunkt dafür ist, in dieser sauren Mischung aus Selbstmitleid, Zweifel und überspannten Hoffnungen zu baden. Es ist ja nicht so, dass sie wegen eines kleinen Theaterengagements gleich Gefahr läuft, Weltruhm zu erlangen. Selbst, wenn diesem – wie hieß er doch gleich? Feldweiser? – ihre Texte gefallen, bedeutet das nicht, dass morgen

Roman Polanski bei ihr anrufen wird, um den Stoff in einem aufreibenden Drama zu verfilmen. Sie ist viel uninteressanter, als sie wahrhaben möchte. Wieso hat sie trotzdem das Gefühl, vor einem Berg zu stehen? Einem Mount Everest, von dem sie weiß, dass sie ihn erklimmen kann, doch sie fürchtet, auf dem Gipfel angekommen, keine Kraft mehr für den Abstieg übrig zu haben. Selbst, wenn dieser Berg nur ein Hügel ist. Naja, eine Wölbung. Eine winzige Erhebung, die nicht einmal weit genug aus der Bedeutungslosigkeit herausragt, um die Nebelgrenze zu überwinden. Dennoch glaubt Toni, dem Himmel nie näher gewesen sein und die Verheißung, Celine auf diesem Hügel gegenüberzutreten, lässt sie erschaudern.

Sie beschließt, einen Spaziergang zu machen, um Brot zu kaufen. Nur rasch zum Bäcker. Irgendwie hat sie Appetit auf Pflaumenkuchen. Sie könnte den nahegelegenen Supermarkt aufsuchen oder den Bäcker um die Ecke, aber was spricht gegen ein wenig Bewegung bei so schönem Wetter? Sie kann ebenso gut zur Backstube laufen, die zufällig neben der Straßenbahnhaltestelle liegt. Ach schau, die Straßenbahn kommt zur selben Zeit an und wartet, bis Toni eingestiegen ist. Alles läuft wie nach Drehbuch, als befinde Toni sich in einem Film, in dem bis auf den Sekundenbruchteil festgelegt ist, wann die Türen sich hinter ihr schließen, sie einen Platz findet, das Mädchen dort ihre Kopfhörer aus der Tasche zieht, ein Rentner mit sympathischen Lachfältchen Toni anlächelt und Toni zurücklächelt. Sie treibt auf der Oberfläche seichten, sonnengewärmten Wassers und zwar genau in die richtige Richtung, ohne ihre Arme und Beine zu Hilfe nehmen zu müssen. Der Strom des Lebens um sie herum verlangsamt sich, die Launen der Menschen werden milder, der Wind dreht sich so, dass er ihr von vorn das Haar aus dem Gesicht weht, als sie aussteigt. So fühlt es sich also an, den Berg zu besteigen.

Ihr schwereloser Zustand hält an, bis Toni Celines Türklingel betätigt. Zu voreilig. Vielleicht hätte sie sich die Zeit nehmen sollen, noch einmal darüber nachzudenken.

Als Celine die Tür öffnet, sind ihre Haare feucht und duften nach Passionsfrucht. Der Geruch mischt sich mit Celine und kreiert eine neue, süßliche Komposition.

Toni atmet tief ein und lässt den Duft bis hinab in ihr Becken strömen. „Ich habe den Regisseur nicht erreicht."

„Hallo Toni." Neckisch zieht Celine einen Mundwinkel in die Höhe, wobei ihre Nase sich kraust wie die einer barfuß durch Klatschmohnfelder tanzenden Göre. Sind das Sommersprossen auf ihrem Nasenrücken?

„Hallo. Entschuldige. Ich konnte... den Regisseur nicht erreichen."

„So viel habe ich verstanden. Wie kann ich dir helfen?"

„Ich dachte, vielleicht würdest du mir seine Nummer... oder besser seine E-Mail Adresse..."

„Warum hast du die Probetexte nicht einfach ans Theater geschickt und gebeten, sie ihm weiterzuleiten?"

„Wäre ein bisschen spät geworden", sagt Toni kleinlaut und beißt sich auf die Unterlippe, in der Hoffnung, Celine möge sie für ein kleines Mädchen halten, dem man eine vergessene Hausaufgabe nachsichtig verzeiht.

Celine seufzt. „Morgen ist die erste Probe. Du hattest zwei Wochen lang Zeit."

„Ja."

„Wie viel hast du denn geschrieben?"

„Och, ein paar Seiten. Nicht so viel."

Celine zieht eine Augenbraue hoch und meint damit entweder den Widerspruch in Tonis Aussage oder findet sie unglaubwürdig oder beides. Ihre Fingerkuppen zeichnen unbewusst die Kerben im Türrahmen nach. „Darf ich mal reinlesen?"

„Eigentlich...", windet sich Toni, „wünsche ich mir, dass du sie bei der Probe das erste Mal liest."

„Du dachtest, ich nehme dich mit zu der Probe und sage Thilo etwas wie: ‚Das ist übrigens die geniale Autorin, von der ich dir erzählt und die sich dann nicht gemeldet hat, obwohl ich geschworen habe, sie sei zuverlässig'?"

„Ja?"

„Pf!", schnupft Celine. „Wir treffen uns halb elf am Bühneneingang." Und bevor Toni in die Verlegenheit geraten kann, sich den Kopf darüber zu zerbrechen, ob ein Händedruck, eine Umarmung oder ein Kuss auf die Wange als Dankeschön angebracht wäre, schließt Celine die Tür mit einem letzten amüsierten Lächeln.

Kapitel 13

Sie hätte Celine fragen sollen, wo genau dieser Bühneneingang zu finden ist, stellt Toni am nächsten Tag fest. Dreimal umrundet sie das Theater, bevor sie Celine zehn Minuten nach elf vor einer unscheinbaren Hintertür stehen sieht, an der sie jedes Mal vorbeigerannt ist.

„Du siehst gut aus." Es mag freundlich gemeint sein, doch Toni kommt es vor, als benutze Celine diese Worte als Schutzschild. Ein Kompliment von der unverbindlichen Sorte, etwas, womit man jeder Frau und notfalls jedem Mann schmeicheln kann, ohne allzu persönlich zu werden. Celine spannt die Bemerkung zwischen ihnen auf wie einen Schirm, der Toni fernhalten soll. Sie lässt ihr keine Gelegenheit, sie zu begrüßen, ihre Stimmung abzulesen, ihre Schulter zu berühren. Celine entzieht ihren Blick, umkreist sie wie ein scheues, neugieriges Tier, indem sie hinein huscht und Toni die Tür aufhält.

„Danke", sagt Toni, obwohl sie am liebsten auf dem Absatz kehrt machen und sich daheim unter ihrer Bettdecke verkriechen würde. Gleichzeitig nervt es sie, dass Celine es sogar schafft, sie aus der Fassung zu bringen, wenn sie nichts tut.

Celine rauscht durch die Gänge des Theaters, ohne sich umzusehen, und Toni folgt ihr wie eine Schmetterlingsjägerin, die einen schillernden, flatternden Schemen verfolgt. Treppauf, durch schlecht beleuchtete, mit

Requisiten verstopfte Flure. Schließlich stemmt Celine sich gegen die monströse Tür des Ballettsaals, über der eine Lampe blinkt: „Probe!"

Eine Flanke des Raums ist durch eine Stuhlreihe belegt, die gegenüberliegende Wand ist ein riesengroßer Spiegel. Zwei Tänzer vollführen an der Ballettstage elegante Verrenkungen, um sich aufzuwärmen, und helfen sich gegenseitig beim Dehnen. Menschen, deren Funktion Toni nicht auf den ersten Blick erkennt, wuseln hin und her, in gestenreiche Gespräche verstrickt. Alle bewegen sich mit der größten Selbstverständlichkeit. Sie begrüßen Celine als eine der ihren und ignorieren Toni wie ein uninteressantes Deko-Element. Die künstlerische Neugierde ist begrenzt und gerade Theaterleute haushalten streng damit, als fürchteten sie, das letzte Quäntchen kindlichen Spieltriebs könne sie verlassen, wenn sie allzu leichtfertig damit umgehen. Darum sind sie darauf bedacht, sich selbst aufzusparen und sich der Welt vorzuenthalten – bis sie auf der Bühne stehen, denn dort zahlen die Leute, um ein wenig von dem Pathos zu sehen, der so schwer zu konservieren ist.

Ja, die Inspiration ist eine launische Zimtziege. Eine Geschlechtskrankheit. Das ist es! Inspiration ist wie eine Geschlechtskrankheit! Ein Zeichen dafür, dass man ein bisschen mehr, ein bisschen unanständiger, ein bisschen überdurchschnittlicher lebt. Darum schielen alle neidisch auf den, der sie hat. Wobei der Neid sich auf das Abenteuer bezieht, das ihr vorausgeht, nicht unbedingt auf die Sache selbst. Jeder würde gern davon naschen, am liebsten, ohne die Konsequenzen tragen zu müssen.

Schauspieler bilden sich eine Menge darauf ein, *alle* und *jede* Konsequenz zu tragen, sogar die des Autors, des Intendanten, des Regisseurs, des Dramaturgen, nicht zuletzt des Kulturministers...

Sofort reiht Celine sich in den Zirkel derer ein, die durch Kunst und Leid vereint sind. Tonis schüchterne Anwesenheit erhebt zwar die gesamte Zunft, so wie Materie sich erst dann interessant verhält, wenn sie sich beobachtet weiß, aber zugehörig fühlen darf eine wie Toni sich um keinen Preis.

Ein Mann begrüßt Celine mit einem Kuss auf die Schläfe. Thilo Feldweiser: Zu dünn für einen Bauchansatz, schwammig genug für Birnenwangen. Geheimratsecken, Stirnfalten, erstaunlich kleine Füße. Türkisfarbenes Hemd, blaue Schuhe, das Zifferblatt der Armbanduhr trägt er am Puls statt außen auf dem Handgelenk. Wenn Toni ihn bei den Schultern packt und schüttelt, werden die Puzzleteile sich vielleicht neu mischen und ein anderes ulkiges Gesamtbild ergeben. Sie verschränkt ihre Finger ineinander, um dem Impuls zu widerstehen.

„Thilo, das ist die talentierte Schriftstellerin, von der die Rede war."

„Ja, richtig." Bevor Toni es verhindern kann, klebt ein

Küsschen an ihrer Schläfe. „Wir fangen gleich an. Stell dich schon mal vor den Spiegel."

„W-was?"

„Du bist die einzige, deren Texte wir noch nicht kennen."

„Ja gut, aber ich... muss ich sie selbst rezitieren?"

„Stell dich vor den Spiegel und tu so, als wären wir anderen gar nicht da", winkt der Regisseur ab, als sei das eine Kleinigkeit.

Ein Knoten bildet sich in Tonis Hals und die Hand, die das Notizbuch aus ihrer Tasche zieht, vibriert. Ein Blick in den Spiegel bestätigt, dass niemand ihre Geste zum Anlass nimmt, ihr seine Aufmerksamkeit zu schenken. Die Tänzerin, die soeben ihre Füße dehnt, blickt durch sie hindurch und dann wieder auf das Parkett. Toni schluckt ein paar Mal und pflügt ihre Notizen um. Je länger sie dort steht und darauf wartet, dass die Realität einrastet, desto kläglicher fühlt sie sich schrumpfen.

„Einfach loslegen", nickt Thilos Spiegelbild ihr zu und wendet sich gleich darauf an das von Celine.

„Ähm... Schau nicht hin, mein Liebster...", beginnt Toni wie ein stotternder Motor. „Schau nicht hin, mein Liebster, mein Tyrann, der du keine Worte brauchtest..." Tonis Verse werden übertönt vom Rauschen des Blutes in ihren Ohren. Irgendjemand lacht, aber das gilt nicht ihr. Celine tuschelt mit Thilo und schaut dabei verstohlen zur Seite, entweder, weil sie über Toni lästert oder weil ihr bewusst ist, wie unsensibel sie sich gerade verhält, oder beides.

„Ich kann das nicht." Zwar kommt es Toni vor, als habe sie es quer durch den Raum gebrüllt, aber niemand außer ihr scheint es wahrgenommen zu haben. Thilo und Celine zeigen sich vollkommen unbeteiligt, die Tänzerin dehnt derweil ihren anderen Fuß. Wie viele Füße hat sie eigentlich? In Tonis Kopf poppt das groteske Bild einer tanzenden Raupe in Tutu auf. Sie kann nicht anders, als ihrem Spiegelbild entgegen zu prusten.

Sie macht sich lächerlich. Na, und wenn schon, sie ist hier am Theater. Um sie herum laufen Typen, die auf der Bühne Strumpfhosen tragen, und 40jährige Frauen, die Dinge sagen wie: „Zu Hülfe, zu Hülfe, ein ehrloser Schuft bedroht meine Unschuld!", sofern es im Skript steht.

Eine Notiz fällt Toni ins Auge, die sie an den Seitenrand ihres Buches gekritzelt hat: *Fliehst du vor deinen Wünschen, sobald sie in Erfüllung gehen?*

„Schau nicht hin, mein Liebster, mein Tyrann,
der du keine Silbe brauchtest, mich zu fangen,
und tausend Worte nahmst, mich liebevoll zu quälen,
als ich dir blind ins weite Netz gegangen.
Schönheit ist's, sagen die Leute,
durch die ich ohne Schuld der Götter Zorn entflammt,
und die dich heute, Liebster, an mich bannt.
Doch sag, was weiß der Mensch von Schönheit?

Ich, Helena, bekenne dir, dass ich sie nie gekannt.

Und sei es, dass die Schöpfung mich geschnitzt
wie Menschenaugen es zurzeit gefällig sei -
sag, Liebster, was mir diese Gabe nützt,
erweckt sie endlich nichts als Lust und Neid.
Zeig mir die Frau, zeig mir die eine Seele nur,
der ihre Schönheit einmal zu Glückseligkeit verhalf.
Ich seh uns Weiber immer nur geschlagen, in Ketten,
selbst goldene Fesseln schneiden tief ins Fleisch.
Fast wünsch ich mir, dass alle Frauen Fischgesichter hätten.

Damals im ewigen Palast, wo meine Kindheit starb,
da, Paris, hingen tausende von Köpfen an der Wand.
Von Antilopen, Keilern, Löwen, vor langer Zeit gejagt.
Kannst Du erraten, was zu diesen Köpfen Menelaos sprach?
Schön seien sie, die wahren Majestäten dieser Erde,
so unverdorben, wild, voll Freiheit und voll Würde.
Ich möchte schreien, wenn ich Männer sagen höre,
dass dies die Gründe seien, aus denen getötet werde.
Schönheit ist Urteil, drum bitt ich, schau mich nicht an.

Als ich ein Mädchen war und Theseus mich entführte,
sah ich schon meinen Kopf an einer solchen Wand.
Aber er lehrte mich weit schlimmere Geschicke fürchten:

Das Schicksal der Schönen, die ewige Gefangenschaft,
erzwungene Liebe, ein ungleicher, langer Kampf.
So lange, bis das Alter meine Schönheit lässt vergehen.
Was bin ich dann für dich noch wert? Wozu am Leben?
Willst du mich auch in hundert Jahren lieben, mein Mann,
dann flehe ich auf Knien: sieh fort! Sieh mich nicht an."

Als Toni aufblickt, sind die Gespräche verstummt. Die Schauspieler scheinen unbeeindruckt, aber nachdenklich, der Regisseur krault geistesabwesend sein Kinn und Celine starrt sie mit offenem Mund an.

Toni ringt sich ein Lächeln ab und versucht, die Enden des Zeitgefüges zu erhaschen, die sich wie die Maschen eines Strickpullovers vor ihr aufdröseln.

„Das müssen wir gleich zu Beginn des Stücks einbauen", bricht Thilo schließlich das Schweigen. „Ich stelle mir vor, dass in der Mitte der Bühne zuerst ein halbtransparenter Vorhang zwischen Paris und Helena gespannt ist, durch den sie zwar miteinander interagieren, sich aber weder sehen noch sich vereinen können."

„Äh, Verzeihung, Thilo…", versucht eine Frau sich einzuschalten, aber der Regisseur denkt überhaupt nicht daran, ihr das Wort zu erteilen. Während er nachdenkt, wippt seine zierliche Schuhspitze und seine kurzen Kinderfinger krümmen sich bei jeder seiner Gesten, als wolle er einen unsichtbaren Gedanken festhalten.

„Wenn der Vorhang fällt, kommen die Tänzer von beiden Seiten zusammen. Die Choreografie muss immer die Gefühle der beiden Liebenden zum Ausdruck bringen. *Sie* zu Beginn etwas ängstlich, verstört, *er* schmachtend und ehrfürchtig. Das Ganze darf dann immer sinnlicher werden."

„Aber was ist mit den anderen Autoren?", versucht die Frau von vorhin es noch einmal.

„Welche anderen Autoren? Die anderen Autoren sind gestorben. Wie viel Material hast du denn schon... äh..."

„Toni. Eigentlich Antonia", hilft Toni ihm auf die Sprünge. „Ja, ein bisschen Text hätte ich schon..."

Thilo klatscht in die Hände. „Die Autorin wird jetzt einige ihrer Texte verlesen und ich möchte, dass wir sie auf uns wirken lassen. Leert euren Geist und lasst das Gehörte einfach auf euch wirken. Das ist nur ein erstes Brainstorming, um Ideen für die Inszenierung zu sammeln. Die Tänzer improvisieren fürs Erste. Ich möchte, dass ihr eure Eindrücke für alle sichtbar macht." Das Tänzer Pärchen bringt sich in Position und Thilo gibt Toni ein Zeichen, zu beginnen.

„Frage mich nicht, Helena, was ich glaub, in dir zu sehen...", liest sie und beobachtet dabei die Tänzer. Nach dem dritten Vers hebt der Mann seine Arme. Die Geste erinnert Toni an einen Schwan, der seinen Hals aufrichtet, weich und voller Erhabenheit. Gleich darauf lässt er seinen Körper sich zusammenziehen, senkt den

Kopf, vollführt eine kleine Pirouette.

„Mir ist, als wenn ich sterben muss. Ein Bettler auf dem Thron der Welt..."

Allmählich erwacht auch die Frau, die Helena tanzen wird, zum Leben. Am Himmel reißt die Wolkendecke auf, Sonnenlicht flutet durch die hohen Fenster herein und zeichnet die Schatten von Baumkronen aufs Parkett. Toni beobachtet, wie die Tänzer ihre Worte durch sich hindurchströmen lassen. Ihre Körper sind wie Wasser, auf dessen Oberfläche sie kraft ihrer Stimme immer höhere Wellen schlägt. Plötzlich fühlt sie sich mächtig.

„Fort auch mein Stolz, und fort die Angst vor dem Versagen", rezitiert sie weiter. Dann das nächste Gedicht und noch eines. Thilo taucht mit seinen Blicken in die Bewegungen der Tänzer, wippt mit den Füßchen, reckt fasziniert das Kinn, imitiert unbewusst diese und jene Geste, während die Leute hinter ihm sich Notizen machen.

Toni wächst und wächst, bis sie den unendlichen Raum um sich ganz ausfüllt. Welche Art von Magie ist das? Sie hat keine Ahnung - aber es ist wunderbar. Gerade hat sie das Gefühl, als könne nichts sie wirklich aus der Bahn werfen. Wenn jetzt ihre Schwester hereingestürmt käme, mit den Armen fuchtelnd wie ein wütender Tintenfisch, schreiend: „Du bist krank! Du verdirbst uns alle!", würde Toni antworten: „Gern. Vielleicht werdet ihr dadurch wieder lebendig."

Kapitel 14

Thilo Feldweiser besteht darauf, dass Toni noch an Ort und Stelle einen Vertrag unterschreibt. Er bindet sie als Autorin an die Aufführung und sichert ihr im Zuge dessen eine kleine Beteiligung an den Einnahmen zu.

Zum Abschied legt der Regisseur einen Arm um sie und schenkt ihr ein inniges Küsschen auf den Scheitel. Und da geschieht etwas mit Toni, dem sie bisher aus dem Weg gegangen ist, ohne es zu wissen. Thilos Anerkennung diffundiert durch ihre Haut, hinein in ihre Zellen. Hirn und Herz blähen sich auf und ihre Augen leuchten wie das Spiegelbild eines aufflammenden Zündholzes. Ein vager, unverständlicher Wunsch tritt in ihr Bewusstsein wie ein Signal auf einem Flugzeugradar. Wenn nur ihr Vater sie einmal so in den Arm genommen hätte – wenn ihre Eltern je so stolz auf sie gewesen wären – wenn doch nur irgendjemand, der ihr wichtig ist, jemals gezeigt hätte, dass er an sie glaubt...

Der Moment ist kurz, aber er wirkt nach. Toni schwimmt durch ein Meer aus Watte und bemerkt erst, wie Celine neben ihr geht, als ihre Stimme sich einen Tunnel gräbt, der an Tonis Ohr führt: „Du kannst zufrieden sein."

„Glaubst du?" Ein wenig benommen von der neuen Erfahrung, die gerade hinter ihr liegt, wendet Toni sich Celine zu. Sie stehen in einem spärlich beleuchteten Gang voller Requisiten, der Toni kein bisschen bekannt vorkommt. Wenn Celine beschließt, sie hier zurückzulassen, wird sie an dieser Stelle ihr Zelt aufschlagen und von Kaugummis leben müssen, bis jemand sich ihrer erbarmt und ihr den Weg zum Ausgang weist.

Eine Neonröhre in Celines Rücken lässt ihr blondes Haar wie den Heiligenschein einer Bordsteinmadonna erstrahlen, während ihre Miene in Schatten versinkt. „Und? Bist du es? Zufrieden, mein ich?"

„Ich denke schon." Toni schluckt. „Worüber hast du dich mit Thilo unterhalten, während ich vor diesem Spiegel stand und kein Wort herausbekam?"

„Über gar nichts. Wir wollten es dir nur leichter machen."

„Leichter?" Ungläubig blinzelt Toni gegen den Heiligenschein an.

„Ja, es ist schwerer, aus sich herauszugehen, wenn alle dich gespannt anstarren. Thilo wollte dir ein wenig den Druck nehmen, das ist alles."

„Ist er schwul?"

„Was? Nein, ich glaube nicht."

„Wieso küsst er uns dann? Was haben seine Lippen in deinem Gesicht zu suchen? Und wer gibt ihm das Recht, mich in den Arm zu nehmen als wäre er... keine Ahnung..."

Celine seufzt ärgerlich. „Weißt du, wieso Menschen Geld für Sex bezahlen?", fragt sie unvermittelt und ihre Silhouette schwankt. Toni, mit eiskaltem Wasser übergossen, fällt nichts darauf ein. Aber offenbar erwartet Celine ohnehin keine Antwort. „Weil es unkompliziert bleiben soll. Geld sollte dafür sorgen, dass beiden Seiten klar ist, was es zu geben und was es zu nehmen gilt. Du bist so anstrengend, Toni! Ich dachte, ich betrete einfach eine neue Spielwiese, aber ich bin in einem verdammten Labyrinth gelandet. Das ist nicht fair. Du musst dich entscheiden, was du sein willst."

„Was meinst du damit?"

„Du kommst mir vor wie ein kleines Mädchen, das sich als Hure verkleidet hat. Du willst eine Kämpferin sein, aber beklagst dich darüber, wie ungerecht das Leben zu dir ist. Du schreibst... wundervolle Gedichte und kannst nicht zu deinen eigenen Worten stehen."

Toni sucht nach einer Erklärung. Etwas, womit sich Celines Schüsse abwehren lassen. Doch bevor sie ihren Schild hochreißen und sich dahinter in Sicherheit bringen kann, stürmt Celine los, als habe sie Tonis billigen Fluchtversuch durchschaut.

Zwei, drei Schritte. Vielleicht sind es auch hundert, vielleicht ist es nicht mal ein einziger Schritt, den Celine braucht, um die Barrikade zu überspringen und Tonis Mund zu erobern, ihre Fingerspitzen graben sich in Tonis Wangen und ihre Zunge ist ein Komet aus purer Hitze.

Es fühlt sich an, als würde sie von einem Kugelhagel durchsiebt. Sie treffen Tonis Brust, durchschlagen ihr Herz, ihren Kopf, ihren Unterleib, dann ihre Knie. Ein grauer Schleier legt sich vor ihre Augen und allmählich versagt ihr Verstand, sodass sie sich fallen lassen muss, ohne darüber nachzudenken, wo sie landen wird.

Ihre Lippen brennen. Sie hat noch nie so geküsst. Erst als ihr Rücken mit einer Kulisse kollidiert und irgendetwas geräuschvoll in sich zusammenfällt, bemerkt sie, dass Celine sie an die Wand gedrängt hat. Ihre Finger bringen Tonis schwarzen Bob durcheinander, pressen sich in ihren Nacken.

Eine Art elektrischer Ladung springt auf sie über und jagt einen ekstatischen Schauer durch ihre Poren. Schon fürchtet Toni, versehentlich eine Steckdose penetriert zu haben und für den kurzen Rest ihres Lebens an Celines zitternden Körper gefesselt zu sein, bis die Spannung sie beide endgültig tötet. Aber es ist keine Steckdose, nur Celines wahnsinniger, sehnsuchtsvoller Mund.

Ein ergebenes Stöhnen entringt sich Tonis Kehle, gedämpft von dieser schlangenhaften Zunge, die sich ihr unaufhaltsam entgegendrängt.

Plötzlich taucht Marie in ihren Gedanken auf wie eine Wasserleiche, nachdem sie Monate in den Tiefen eines Ozeans zugebracht hat. Dementsprechend unkenntlich sind ihre Gesichtszüge. Und Toni wird klar, dass sie sich nicht an Maries Geschmack erinnern kann. Auch nicht an den Schwung ihrer Augenbrauen oder das Gefühl ihrer Fingerspitzen auf der Haut, ja nicht einmal an den Klang ihres Lachens. Dort, wo sie aufgetaucht ist, schmerzt es ein wenig. Aber ihre Zeit ist vorbei und das Salz, das Toni auf Celines Zunge schmeckt, wird Maries letzte Überreste früher oder später auflösen.

Der Gedanke hat sie kurz abgelenkt. Bevor Toni ihr Innerstes ordnen kann, sieht sie Celines Umrisse bereits über den Gang davonstürmen. Noch immer ist ihr ganzer Körper ein einziges schweres Pochen und ihre Gelenke fühlen sich an, als bestünden sie aus flüssigem Wachs.

Mit der Behäbigkeit einer überfahrenen Schildkröte folgt sie Celines Lichtspur, die ihr den Weg zum Hinterausgang weist. Doch als sie auf die Straße hinaustritt, bröckelt der Moment auseinander und Celine ist bereits verschwunden wie ein schöner Traum im Schein des Morgengrauens.

Kapitel 15

Toni nuschelt eine Begrüßung und klettert neben Julia auf den Beifahrersitz. „Lieb von dir, dass du mich mitnimmst. Hallo Stormy", fügt sie hinzu, als sie aus den Augenwinkeln eine zierliche Gestalt mit grünem Haar auf der Rückbank erspäht.

„Rainy", verbessert Julia sie zähneknirschend. „Hast du vergessen, deine Demenztabletten zu schlucken?"

„Das ist schon okay", grinst Rainy. „Künstlerinnen sind eben zerstreut. Ständig brüten sie insgeheim über einer Frage, einem Vers oder einem tieferen Gefühl. In ihrem Kopf ist kein Platz mehr für Namen."

„Äh... genau." Um ihren Fauxpas durch eine nette Geste auszugleichen, bietet Toni ihr an: „Wir können die Plätze tauschen, wenn Du möchtest, dann kannst du hier vorn neben Julia sitzen."

„Oh, nein! Ich sitze niemals vorn."

„Wieso das?" Noch während sie die Frage ausspricht, bereut Toni, nicht den Mund gehalten zu haben. Eine Frau, die so seltsame Ansichten über das Essen besitzt, sollte man wohl besser nicht nach ihren übrigen Gewohnheiten fragen.

„Wenn wir einen Frontalzusammenstoß mit einem anderen Wagen erleiden oder jemand einen Felsbrocken auf die Frontscheibe wirft, sterben immer die, die vorn sitzen. Hier hinten sind die Überlebenschancen besser", klärt Rainy sie bereitwillig auf, woraufhin Julia spontan den Motor abwürgt.

„Verstehe. Ähm... habt ihr ein Geschenk für Mascha?"

„Ja."

Eine Pause entsteht.

„Aber Rainy, du weißt bestimmt, dass Auffahrunfälle viel häufiger vorkommen als Frontalzusammenstöße. Und was, wenn jemand uns von der Seite erwischt? Zum Beispiel hier auf der Kreuzung, wenn uns da jemand die Vorfahrt zu nehmen versucht..."

Tonis Schulter schließt Bekanntschaft mit Julias Faust. Im gleichen Moment ertönt eine Hupe.

„Vorsicht!", kreischt Rainy und Julia reißt den Wagen abrupt nach links. In Tonis Magengrube klammern sich die Banane und das Brötchen, das sie zum Mittag hatte, erschrocken aneinander. Für einen Moment zerwirbelt alles wie in einem Gemälde von van Gogh, bevor das Bild vor ihren Augen wieder scharf wird.

„Der hätte uns beinahe gerammt!", flucht Julia.

„Weil du bei Rot über die Kreuzung gerauscht bist und nicht hingesehen hast!", quietscht Rainy und ist noch bleicher als sonst.

Plötzlich bricht ein Lachen aus Julia heraus wie Wasser aus einem gesprengten Damm. Eine hysterische Lach-Salve, die ihr die Tränen in die Augen treibt. „Scheiße", japst sie, als sie zwei Züge lang zu Atem kommt. „Ihr macht mich fertig."

Toni fällt in Julias Lachen ein.

„Ich finde das gar nicht witzig." Rainys Protest geht klanglos unter. Sie versteht nicht, dass die beiden Freundinnen aus einem ganz anderen Grund lachen. Nicht aus Erheiterung oder gar aus Freude, sondern weil das Leben in Momenten wie diesen sein ganzes groteskes Potenzial offenbart. Alles, was sie heute getan, worüber sie sich heute bereits geärgert oder nachgedacht haben, ist so belanglos, dass eine einzige Schrecksekunde reicht, um alles aus ihren Hirnen zu fegen.

„Dein Leben zieht an dir vorbei - und du schläfst ein, weil der Film zu langweilig ist", kichert Toni, wohlwissend, dass ihr der ganze Senf morgen wieder genauso wichtig erscheinen wird wie vorher, nur jetzt gerade könnte sie sich vor Lachen einpissen bei dem Gedanken, dass sie *jemals* gezögert hat, eine Frau zu küssen. Dass die Trennung von Marie sie länger als fünf Minuten beschäftigt und Sandra es ernsthaft geschafft hat, ihre Gefühle zu verletzen. Dass Mascha seit Jahren einem Mann nachhechelt, sich aber nicht traut, einen Schritt in seine Richtung zu tun. Dass ihr Vater noch immer Teppichkunden im Baumarkt berät und nur ab und zu sehnsüchtig den Duft der Nordmanntanne inhaliert, wenn ihn Fernweh überkommt. Dass es irgendwo da draußen Leute gibt, die sich darüber streiten, ob Jungen rosafarbene Kleidung tragen dürfen.

Sie schütten sich aus und beruhigen sich erst wieder, als Maschas Wohnung in Sicht kommt.

Kapitel 16

Mascha lebt in einem historisch sanierten Reihenhaus mit Zugang zu einem Garten. Gut, es ist eher ein Gärtchen. Eine Grillecke im Hinterhof. Mit hängenden Blumentöpfen und eingetopften Sträuchern. Heute hat Mascha sich alle Mühe gegeben, das Gärtchen in ein kleines Bohemian-Paradies zu verwandeln: Hell klimpernde Windspiele und Traumfänger baumeln von den Hängetöpfen und in den Sträuchern sind Lichterketten verlegt. Auf einer Bank liegen violette Sitzkissen mit geometrischen Blumenmotiven. Während Mascha summend ihre drei selbstgebackenen Kuchen anschneidet und die Platte mit den belegten Brötchen zurechtrückt, kräht aus einem Bluetooth Lautsprecher Janis Joplin: *Freedom's just another word for nothing left to lose...*

Toni und Julia tauschen einen Blick, der so viel sagt wie: Wir lieben sie trotzdem.

„Oh, wie hübsch!" Der Anblick des Gartens lenkt Rainy von ihrem eben erlittenen Schock ab. „Woher hast du diese Sitzkissen?"

„Wenn ihr erst zusammenwohnt, erwarte bitte nicht, dass ich dich besuchen komme", flüstert Toni und gibt Julia einen komplizenhaften Stoß.

Sie herzen Mascha und überreichen ihre Geschenke. Toni hat eine kitschige Handyhülle mit Federmotiv gekauft, die gut zu den Kissen passt, während Julia und Rainy für einen Massagegutschein zusammengelegt haben. „Ich wünsche dir alles Gute zum Geburtstag, viel Gesundheit und dass dein Masseur ein italienisches Unterwäschemodel ist."

„Ach Quatsch", kichert Mascha, „mir kommt es auf ganz andere Qualitäten an. Ihr lernt Daniel ja heute kennen, dann werdet ihr mich verstehen."

„Genau", seufzt Julia. „Wen hast du sonst noch eingeladen?"

„Niemanden, mit meiner Familie feiere ich nächstes Wochenende. Heute sind wir nur zu fünft."

„Wie bitte? Was dachtest du denn, wer das alles essen soll? Die Raupe Nimmersatt?" Mit einer ausladenden Geste deutet Julia auf die Berge von Kuchen und belegten Brötchen.

„Oh, da fällt mir ein, ich habe noch eine Platte mit Fingerfood und Obstspießen vorbereitet. Ist jemand von euch so lieb und holt sie eben aus der Küche? Die Tür ist angelehnt."

„Du bist schlimmer als meine Oma!", ruft Julia über die Schulter, als sie sich auf den Weg macht.

Währenddessen ist Rainy wie ein hypnotisiertes Kleinkind damit beschäftigt, an den Windspielen herumzufummeln und zu beobachten, wie die Traumfänger sich im leichten Wind um die eigene Achse drehen.

„Sie ist süß", raunt Mascha und eine ihrer übermächtigen Locken kitzelt dabei Tonis Wange. „Sie mag meine Kissen." Obwohl sie sich Mühe gibt, heiter und unbeschwert zu klingen, entgeht Toni nicht, wie sie auf ihrer Unterlippe herumkaut und immer wieder nervös auf ihre Armbanduhr schielt.

„Wenn er nicht kommt, lauern wir ihm auf und basteln Windspiele aus seinen Knochen." Sanft legt Toni einen Arm um Maschas Schultern. „Hör mal, du bist die liebenswerteste kleine Chaotin und eine der schönsten Frauen, die ich kenne. Vergiss das bitte nicht."

„Dass ich eine Chaotin bin?"

„Dass du was ganz Besonderes bist", sagt Toni und lehnt ihren Kopf an Maschas Schläfe. „Glaub's mir einfach. Ich versteh was von Frauen."

„Danke, Toni." Mascha erwidert die Umarmung. „Es tut gut, das zu hören. Auch, wenn ich es nicht so recht glauben kann."

„Was muss ich tun, um dich zu überzeugen?"

Mit einem leisen, gequälten Lachen rauft Mascha sich die Haare. „Weiß ich auch nicht. Ach, Toni. Ich erkenne mich selbst nicht wieder. Bis jetzt war Mister Nadelstreifen sowas wie ein Spiel, ein running gag, der mich irgendwie verfolgt hat. Jetzt kann ich gar nicht mehr darüber lachen. Plötzlich habe ich schreckliche Angst, etwas falsch zu machen. Wenn ich etwas Dummes sage, wenn ich ihn enttäusche... wir sehen uns fast jeden Tag auf Arbeit, ich stehe das nicht durch, jedes Mal daran erinnert zu werden, dass ich alles versaut habe..."

„Noch hast du überhaupt nichts versaut", sagt Toni,

obwohl sie weiß, dass nichts auf der Welt, kein gutgemeintes Wort und keine psychologische Abhandlung über das sexuelle Begehren von Männern in Nadelstreifenanzügen Mascha beruhigen könnten. Sie kennt das ja selbst. Der Mensch ist bescheuert, wenn er verliebt ist. Für die Fehler des anderen ist er blind, dafür sieht er die eigenen plötzlich überdeutlich. Später wird dieses Verhältnis sich umkehren, aber dort ist Mascha noch lange, lange nicht angekommen. Vielleicht ist das bei Hetero-Paaren auch ganz anders.

„Als sich zwischen Marie und mir etwas anzubahnen begann, war ich noch nervöser als du es jetzt bist."

Überrascht und ein wenig besorgt blickt Mascha auf. Es ist ein ungeschriebenes Gesetz, dass die Freundinnen es in Tonis Gegenwart vermeiden, Maries Namen auszusprechen. Selbst, wenn es um eine andere Frau geht, die zufällig Marie heißt. Der Name ist mit einer intoleranten Familie, einer gescheiterten Beziehung, einem abgebrochenen Studium, einsamen Nächten auf Julias Sofa und tiefster Depression verknüpft. Und plötzlich spricht Toni den bösen Namen aus, als sei das alles nicht mehr wichtig.

„Ich war schon völlig am Ende, bevor das mit uns überhaupt angefangen hatte", fährt Toni fort. „Woher sollte ich denn wissen, wie das ablief zwischen zwei Frauen? Ich dachte, es gäbe da ein Protokoll, das ich unweigerlich verletzen würde, weil ich die Regeln nicht kannte. Und um nicht vor Aufregung zu sterben, sagte ich mir: Wenn du dich jetzt verstellst und deine kleinen Eigenarten versteckst, wie wird sie dann später auf deine großen Schrullen reagieren? Wenn es Marie gestört hätte, dass ich zwei unterschiedliche Socken trage und Kuchen prinzipiell mit den Händen esse, wäre klar gewesen, dass sie es auch nicht verträgt, zu sehen, wie ich im Schlaf mein Kissen besabbere. Oder vor ihr furze."

Endlich kann Mascha lachen. „Du hast schon recht", giggelt sie. „Aber heute Abend isst du den Kuchen mit der Gabel, ja? Nur dieses eine Mal, mir zu liebe."

„Er soll sich ja nicht in mich verlieben, sondern in dich", zwinkert Toni und Maschas Wangen röten sich. Seit Jahren unterhalten sie sich regelmäßig über Mister Nadelstreifen, aber das Wort *Liebe* ist dabei nie gefallen. Niemand hat es gewagt, diese Grenze zu überschreiten, am wenigsten Mascha selbst. Aber heute Abend ist anscheinend alles anders.

„Du hast endlich den Mut gefunden, ihn einzuladen. Zu einem ganz unverfänglichen Geburtstagsessen mit Freunden. Wir betreiben gemeinsam ein wenig Völlerei, schunkeln zu Janis Joplin, jeder trinkt ein Gläschen, Julia hat ein paar gute Witze auf Lager..."

„Ach, die Getränke!" Mascha fährt aus der Umarmung, als hätten sie zwischen sich eine Wespe eingeklemmt. „Ich muss noch die Getränke holen. Wo bleibt bloß Julia mit der Platte?" Auf einmal unterbricht die Klingel ihre

Überlegungen. „Das ist er, bestimmt ist er es!"

„Mach du ihm die Tür auf." Mit wohlwollender Bestimmtheit schiebt Toni ihre Freundin in Richtung Flur. „Geh. Ich kümmere mich um alles andere."

Mascha hinterlässt einen Kuss auf Tonis Stirn und eilt dann los, um Mister Nadelstreifen zu begrüßen. Am liebsten möchte sie fliegen, zwingt sich aber, langsam zu gehen.

„Rainy", zischt Toni. „Komm mit!"

„Was, wieso? Wollen wir nicht hier unten essen?"

„Pst, frag nicht, komm einfach." Sie hört, wie Mascha bereits die Haustür entriegelt und zieht Rainy kurzerhand hinter sich her in Maschas Wohnung. „Wir lassen die beiden besser ein paar Minuten allein."

„Okay", nickt Rainy, ohne verstanden zu haben, worum es geht. „Wo ist eigentlich...?"

Bevor sie dazu kommt, die Frage vollständig zu artikulieren, schwebt Julia bereits mit einem Knäuel aus Sachen unter dem Arm an ihnen vorbei. „Schnell! Wir müssen noch Maschas Schlafzimmer aufräumen!"

„Wieso denn das?" Hilflos dreht Rainy sich im Kreis.

„Um das Wohnzimmer hast du dich schon gekümmert?" Toni schnappt sich sofort einen Stapel Zeitschriften und verstaut ihn in einer Schublade. Mister Nadelstreifen muss ja nicht auf den ersten Blick sehen, dass Mascha die *Freundin* liest. Ist das, was sie da ausgeschnitten hat, ein Horoskop für Paare? *Diese*

Sternzeichen sind wie füreinander geschaffen. Du liebe Güte. Toni versteckt das Magazin vorsichtshalber unter einer Fernsehzeitung. Dann dreht sie die niedlichen Einhornkissen auf dem Sofa um – auf der Rückseite sind sie weiß – und ruft Rainy zu: „Räum den Teddy auf der Anrichte irgendwo hin, wo man ihn nicht sieht! Den mit dem I Love New York T-Shirt." Dann eilt sie Julia zu Hilfe, die eben damit beschäftigt ist, herumliegende Kleidungsstücke aufzusammeln und in Maschas Schrank zu stopfen.

„Okay, jetzt verstehe ich, was ihr macht", sagt Rainy, als sei ihr eben die Lösung eines komplexen mathematischen Problems eingegeben worden. „Ihr macht alles ordentlich, damit Mascha sich nachher nicht zu schämen braucht, wenn ihr Schwarm in ihre Wohnung kommt. Aber wieso räumt ihr dann auch das Schlafzimmer...? Oh! Glaubt ihr, dass Mascha mit ihm schlafen wird?"

„Du sollst den Teddy nicht streicheln, du sollst ihn verstecken!", ruft Julia über die Schulter, während sie Maschas Bettdecke aufschüttelt.

„Warum habt ihr die Sofakissen umgedreht?"

„Rainy", Toni nimmt ihr das Plüschtier aus der Hand, „geh bitte in die Küche und schau mal, was du an Getränken findest."

„Okay."

Als die Aufräumaktion beendet ist, prüft Toni die Uhrzeit. „Die beiden hatten jetzt genau sieben Minuten Zeit."

„Dann los." Julia nimmt sich zwei der vorbereiteten

Tabletts.

Beladen mit Fingerfood, Obstspießen, einer weiteren Kuchenplatte und Getränken schleichen die drei in Richtung des Gartens, die Ohren gespitzt, um nicht in einem unpassenden Moment zwischen Mascha und ihren Angebeteten zu platzen. Julia, die vorweggeht, gibt einen Wink mit dem Kinn und sie tragen die Speisen auf wie ein Kellner-Konvoi.

Da ist er, der sagenumwobene Mister Nadelstreifen. Er hat sein Sakko abgelegt und die Ärmel seines weißen Hemdes nach oben gekrempelt. Mit überkreuzten Beinen sitzt er nahe bei Mascha, sodass die Nadelstreifenhose seine in Satinsocken steckenden Knöchel und die blankpolierten Lederschuhe freigibt. Er wippt mit den Zehen, hat einen Arm – den mit der Rolex - lässig entlang der Rückenlehne ausgestreckt und nickt zu irgendetwas, das Mascha eben gesagt hat. Sein Gesicht ist von Toni abgewandt, aber Maschas rote Wangen glühen ihr schon aus den Augenwinkeln entgegen.

Dankbar, ihren Händen eine Beschäftigung angedeihen lassen zu dürfen, springt Mascha auf und schiebt die Teller auf dem viel zu kleinen Tisch zusammen, damit auch die letzte Fressplatte noch darauf Platz findet. „Ich hoffe, ihr habt Appetit mitgebracht", lacht sie schrill.

„...und eine Horde ausgehungerter, schwangerer Frauen", fügt Julia hinzu und stimmt in Maschas Lachen ein.

Mister Nadelstreifen hat sich erhoben und schüttelt Rainy die Hand, die zu ihm aufglotzt, als sei er ein Fabelwesen. Vielleicht sollte Toni sie noch einmal beiseitenehmen und ihr einschärfen, ihn auf keinen Fall mit seinem Spitznamen anzusprechen. Wie würde er das sonst interpretieren? In Wirklichkeit heißt er ja...

„Daniel." Mister Nadelstreifen bietet Toni seine Hand an und lächelt jovial. „Freut mich."

Wäre sie im Film oder auf der Bühne, würde Toni jetzt die Platte mit den Obstspießen fallen lassen. Aber die steht schon sicher auf dem Tisch. Sie hat nichts mehr, was sie scheppernd zu Boden werfen kann und so muss sie seine Hand ergreifen und sie mechanisch schütteln, während sie ihn noch bedepperter anstarrt als Rainy.

„Du hast vergessen, dich vorzustellen", erinnert Mascha sie daran, dass die Welt sich weiterdreht.

„Toni", sagt sie mit einer Stimme aus Pappmache.

„Toni", wiederholt Mister Nadelstreifen interessiert. „Ist das eine Abkürzung für...?" Er schnippt mit den Fingern, als wolle er den Namen aus dem Gebüsch locken.

„Antonia."

„Ach ja, richtig." Er wendet sich Julia zu, als sei nichts gewesen.

Sie schaut zu Mascha, in deren großen Augen Sternchen tanzen. Julias verschwörerisches Zwinkern, als sie sich umdreht. Rainys großzahniges Grinsen, das verrät, wie sehr sie sich für Mascha freut. Die Gespräche nehmen von selbst den Betrieb wieder auf, Julia reißt einen Witz, die Windspiele kreiseln um sich selbst, Mascha schneidet einen Kuchen an. Die Gelegenheit, in der Toni die Idylle hätte zerreißen können, ist winkend vorbeigeschlendert und sie hat sie nicht ergriffen. Zu spät. Sie kann jetzt nicht einfach sagen: ‚Lasst eure gute Laune erstarren und euer dummes, seliges Lächeln erfrieren! Das hier ist nicht Mister Nadelstreifen. Das heißt, er ist nicht der, für den ich ihn die ganze Zeit gehalten habe, nicht irgendein Fremder in irgendeiner Firma. Er ist der Mann meiner Schwester.'

Und Mascha würde zusammenbrechen und schreien: ‚Wieso hast du mich die ganze Zeit ermutigt, ihn einzuladen?'

Und Julia: ‚Ich fasse es nicht, dass du gerade Maschas Schlafzimmer aufgeräumt hast, damit sie sich ordentlich mit deinem Schwager vergnügen kann!'

Und Rainy: ‚Was bist du nur für eine Freundin?'

Und mit jeder Sekunde, die verstreicht, wird die Wahrheit immer unwahrscheinlicher. Bis Toni sich setzt und brav „Danke" murmelt, als Daniel ihr einen mit Kuchen beladenen Teller über den Tisch reicht. Viel zu spät. Sie hätte es in dem Moment wissen müssen, in dem Mascha seinen Namen nannte. Wie viele Daniels im Umkreis treten denn gleichzeitig eine Geschäftsreise nach Oslo an?

Aber Toni hat nicht hingehört. Sie war nur mit sich, mit Celine, dem Kribbeln zwischen ihren Beinen und mit ihrem künstlerischen Ego beschäftigt. Zwar ist Daniel fast ein Fremder für sie, abgesehen von seiner Hochzeit und zwei, drei Familienfeiern hat sie nie etwas mit ihm zu tun gehabt, aber das kann sie ja wohl kaum zu ihrer Verteidigung vorbringen. Er ist ihr Schwager, sie kennt seinen Namen, sein Gesicht und wenn sie Sandra einmal richtig zugehört hätte, wüsste sie auch, in welcher Firma er arbeitet. Vielleicht, wenn Mascha seinen Namen häufiger genannt hätte...? Aber er war immer nur Mister Nadelstreifen mit dem knackigen Po, der sich bei Präsentationen selbst gern reden hört. Von Daniel war, wenn überhaupt, nur wunderselten die Rede. Nein, das reicht auch nicht aus als mildernder Umstand...

Toni nimmt sich vor, es Mascha zu sagen. Oder Sandra. Einer von beiden jedenfalls. Später, im richtigen Moment. Aber ebenso gut hätte sie versuchen können, mit einem Dartpfeil eine erbsengroße Zielscheibe durch das Fenster eines vorbeirasenden Zuges zu treffen. Noch bevor man die Frage nach dem passenden Moment zu Ende gedacht hat, ist er vorüber und man trifft nie die richtige Parabel.

Aber Toni fehlen ohnehin die Worte. Es würde sich anfühlen, als wäre *sie* diejenige, die das Gänseblümchen mit dem Vorschlaghammer zertrümmert. Als trüge *sie* die Schuld daran, dass Daniel der ist, der er nun einmal ist, aber es ist *nicht* Tonis schuld, verdammt!

Während sie den kleinen, innerlichen Märtyrertod einer

schlechten Freundin stirbt, erzählt Julia Anekdoten und Mascha berührt, während sie darüber lacht, Mister Nadelsteifens Oberarm. Ihre Locken liebkosen seine Schulter. Warum sitzen sie so dicht beieinander? Aber Toni kann nichts dagegen unternehmen, kann sich nicht zwischen sie drängen.

„Die Autowerkstatt hatte mich ja nur deswegen als Lehrling genommen, weil ich kurze Haare habe und in Latzhosen aussehe wie ein Mann", sagt Julia gerade. „Ein bisschen wie ein Spargel, aber immerhin. Die Sache ist nämlich die: Sie dürfen keine Frauen einstellen, weil sie keine separaten Toiletten vor Ort haben. Hätte ein Prüfer mitgekriegt, dass ich mir mit den Kollegen das Männerklo teile, wäre die Ausbildung futsch gewesen."

„Das Wunder der Bürokratie..." Daniel schüttelt den Kopf.

„Na jedenfalls stand eines Tages eine Frau in der Werkstatt. Eine *Frau,* das sag ich euch." Julia deutet vor ihrer flachen Brust eine Riesenoberweite an. „Ein bisschen älter als ich, aber ich dachte mir – was soll's? Dauernd sehe ich nackte Brüste auf diesen Kalendern, die in der Werkstatt hängen, und muss es mir verkneifen. Ich konnte nicht anders, ich musste sie einfach ansprechen. Ratet mal! Es war eine Betriebsprüferin. Zwei Wochen vor meinem Abschluss."

Rainy schlägt die Hand vor den Mund. „Nein! Haben sie dich rausgeworfen?"

„Dazu wären sie verpflichtet gewesen", grinst Julia. „Ich weiß bis heute nicht, ob die Prüferin mich nach zehn Minuten heißem Flirt immer noch für einen Mann hielt oder ob sie bei ihrem Bericht mir zuliebe ein Auge zugedrückt hat."

Toni stopft sich derweil den Mund mit Kuchen voll, um nicht reden zu müssen, und jeder Blick, den Mascha in ihre Richtung schickt – oh Gott, ist das Dankbarkeit in ihren Augen? – versengt ihr den Pelz.

Kapitel 17

Eigentlich wollte Toni ihren Freundinnen an diesem Abend eröffnen, dass ein bekannter Theaterregisseur sie unter Vertrag genommen hat. Aber sie kann nicht von ihrem eigenen Glück sprechen, während sie das von Mascha zerbröseln sieht.

Gerade sucht sie nach irgendeiner fadenscheinigen Beschäftigung, die es ihr erlauben würde, sich zurückzuziehen, da fällt ihr Name in die Runde. Erschrocken blick Toni auf.

„Weißt du nicht mehr?", fragt Julia. „Der Typ, der dich verprügeln wollte, weil du mit seiner Freundin...?"

„Ich räume nur schnell die Teller in die Küche", versucht Toni, sich zu retten.

Zu ihrem Entsetzen steht Daniel ebenfalls auf: „Lass mich dir Tragen helfen."

„Aber ihr seid meine Gäste!", protestiert Mascha. „Ich bin diejenige, die aufräumen muss."

„Nein, du bist das Geburtstagskind." Die Ausrede ist zwar nicht sehr originell, aber wenn Daniel lächelt, hört Mascha ohnehin nicht mehr, was er sagt. Zu allem Überfluss streicht er ihr auch noch zärtlich durchs Haar. „Lass Toni und mich das machen, ja? Um uns bei dir für den traumhaften Kuchen zu revanchieren."

„Hihihi", macht Mascha und bleibt sitzen.

„Arschgeige!", schnaubt Toni, als die Wohnungstür sich hinter ihnen schließt.

„Entspann dich." Der gewinnende Charme fällt mit einem Schlag von Daniel ab. Jetzt klingt er nicht mehr wie Mister Nadelstreifen, sondern wie ein Gauner, der sich in Sicherheit wiegt. Am liebsten hätte Toni ihn angerempelt, aber sie will Maschas Geschirr nichts zuleide tun. „Wie's aussieht hast du mich genauso wenig erwartet, wie ich dich", konstatiert er. „Das überrascht mich. Hat sie nie von mir erzählt?"

„Doch." Noch während sie antwortet, möchte Toni sich am liebsten die Zunge abbeißen. Erst benimmt sie sich wie eine übergeschnappte Heiratsvermittlerin und jetzt fällt sie Mascha auch noch in den Rücken. Daniel hat es überhaupt nicht verdient, zu wissen, wie viel Raum er in Maschas Gesprächen einnimmt. „Es war mein Fehler. Ich hatte einfach nicht damit gerechnet, dass jemand sie so belügen könnte. Hätte ich gewusst, was ihr Männer für frostige Furzhupen seid..."

„Begeben wir uns wieder auf das sprachliche Niveau, das unter Erwachsenen üblich ist, ja?"

„Mir würden noch ganz andere Schmeicheleien einfallen", zischt Toni. „Willst du mir erzählen, du hättest nicht gewusst, dass ich mit Mascha befreundet bin? Meinst du allen Ernstes, du könntest mir weismachen, du hättest mich heute Abend nicht erwartet?"

Daniel zuckt die Schultern. „Sie hat ein paar Mal was von einem Toni erzählt. Ich dachte, das wäre ihr Bruder, ihr Wellensittig oder so."

Toni will etwas Bissiges erwidern, als ihr einfällt, dass auch sie Mascha nicht aufmerksamer zugehört hat als er. Sie schluckt das Schimpfwort herunter, das ihr auf der Zunge lag. „Woher nimmst du die Nerven, mir seelenruhig die Hand zu schütteln? Ich hätte dich sofort auffliegen lassen können."

Er schaut unbeteiligt aus dem Fenster, lässt seinen Blick an den Fassaden der gegenüberliegenden Häuser entlangschweifen, als gehe Tonis Wut ihn nichts an. „Hast du aber nicht." Im Abendlicht, das in die Küche rieselt, leuchten seine von Fältchen umrahmten Augen und im Profil erkennt sie die ersten weißen Haare an seinen Schläfen.

„Das bedeutet überhaupt nichts. Ich könnte jetzt gleich da runter gehen und es ihr sagen."

„Ja, das könntest du." Nun richtet er seinen Blick direkt auf Toni. Erst jetzt kommt sie dazu, ihn mit dem Mann zu vergleichen, den sie in Erinnerung hat.

Die Küche ist eng. Toni steht bei der Spüle, er lehnt sich ihr gegenüber an die Tischkante und aus der unfreiwilligen Nähe ergeben sich Details, die sie vorher noch nicht bemerkt hat. Er ist gealtert, der Ansatz eines Wohlstandsbauches spannt den Hemdknopf über seinem Gürtel und im Zwielicht der untergehenden Sonne wirkt er regelrecht müde. Die Rolex an seinem Handgelenk tickt, sein Ehering aber fehlt.

„Mascha ist eine wunderbare Frau", sagt er leise. „Das

weißt du besser als ich. Die Welt ist voll von wunderbaren Frauen."

Ja, auch das weiß Toni wahrscheinlich besser als er. „Habt ihr euch getrennt, Sandra und du?" Diese Möglichkeit ist ihr bis jetzt noch nicht in den Sinn gekommen. Es wäre zwar bitter für Jannis, aber es würde bedeuten, dass im Grunde niemand irgendwen betrogen oder zum Ehebruch ermutigt hat.

Daniel geht nicht auf ihre Frage ein. „Du wirst es ihr nicht sagen", nimmt er den Faden wieder auf und sein trockener Tonfall drängt Toni in die Rolle der Komplizin. „Sonst hättest du es schon in der ersten Sekunde getan. ‚Ach, Daniel! Dich habe ich das letzte Mal auf deiner Hochzeit gesehen. Wie geht es meinem Neffen?' Es wäre ganz einfach gewesen." Er verzieht die Mundwinkel. „Aber jetzt kommt es dir nicht mehr so leicht über die Lippen, habe ich recht?"

„Dafür möchte ich dich am liebsten kastrieren." Sie sagt es ganz ruhig, aber in ihren Augen lodert infernale Verheißung. „Mag sein, dass ich mich falsch verhalten habe. Aber wenn du glaubst, ich sehe zu, wie du meine Schwester mit meiner besten Freundin betrügst, bist du schief gewickelt."

„Und wenn du, liebe Schwägerin, glaubst, ich lasse dich meine Ehe ruinieren, ist dir ein bedeutendes Detail entgangen." Vor dem Fenster rattert ein Lastwagen vorbei. Daniel wartet, bis der Lärm sich gelegt hat, lässt Toni dabei aber keine Sekunde aus den Augen. „Deine Eltern wissen nicht, dass du eine Prostituierte bist, richtig? *Noch* nicht."

„Du..." Sie schnappt nach Luft, weil keine Beleidigung ausreicht, um die ganze Verachtung auszudrücken, die sie in diesem Augenblick überwältigt.

„Versteh mich nicht falsch", sagt Daniel. In seiner Stimme ist kein Spott, nur drohende, geradlinige Klarheit. „Ich persönlich finde an deinem Job überhaupt nichts Schlimmes. Aber deine Familie sieht das vermutlich anders. Was, wenn Sandra herausfindet, dass ihre Schwester eine Hure ist? Ja, eine Hure." Er tritt das Wort fest. „Sie glaubt noch immer, du würdest in einem Café arbeiten. Und du allein entscheidest, ob das so bleibt."

„Woher weißt du...?"

„Sagen wir mal, ich habe ein paar Puzzleteile richtig zusammengefügt?"

„Hat Mascha etwa...?"

„Mascha kann nichts dafür", schneidet er ihre Frage ab. „Eigentlich wollte sie dich in Schutz nehmen. Ein Kollege in der Firma hat einen dummen Witz über Lesben gemacht und Mascha stand daneben. Daraufhin hat sie sich furchtbar aufgeregt und erzählt, sie kenne eine junge Frau, die lesbisch sei und sogar für Geld mit anderen Frauen schlafe. Und diese Frau sei, entgegen dem Klischee, höchst intelligent, hübsch, und rasiere sich sehr wohl die Achseln." Er stößt ein kurzes Lachen aus.

„Du wusstest doch gar nicht, dass Mascha mit mir befreundet ist! Wie kommst du darauf, ich könnte die Prostituierte sein, von der sie sprach?"

„Ich habe das ja damals nicht auf dich bezogen. Es wäre mir nicht einmal in Erinnerung geblieben, wenn Mascha nicht so aus der Haut gefahren wäre, was unüblich für sie ist. Aber als ich dir vorhin die Hand schütteln durfte, erinnerte ich mich wieder an Maschas Worte. Ehrlich gesagt wusste ich bis gerade eben noch nicht einmal, ob ich mit meiner Vermutung richtig liege. Es hätte natürlich auch diese glatzköpfige Comedienne sein können, diese Julia. Ich habe einfach geraten - und deine Reaktion spricht Bände. Jetzt kannst du es nicht mehr abstreiten."

Toni wartet noch immer auf den höhnischen Triumph, auf ein überhebliches Lächeln oder etwas in der Art. Aber da kommt nichts. Daniel hat sie auflaufen lassen, doch anstatt seine Überlegenheit auszukosten, wirkt er noch abgekämpfter als zuvor.

„Du wirst nichts sagen", wiederholt er so beiläufig, als fasse er eine Konversation über das Wetter zusammen, und lässt Toni in der Küche stehen wie ein vergorenes Glas Apfelsaft.

Kapitel 18

„Ich weiß immer noch nicht, wie ich mich verhalten soll", sagt Toni zwei Wochen später zu Adelheid. Die Witwe hat sie wieder einmal für den ganzen Abend gebucht – zusammen mit irgendeinem anderen Mädchen, das mit seinen langen, blonden Haaren und großen Brüsten das genaue Gegenteil von Toni darstellt.

Zusammen füllen sie den Salon in Adelheids kleiner Villa mit dem schweren, feuchten Duft ihrer Körperflüssigkeiten, mit Stöhnen und tiefsinnigen Gesprächen. Nicht nacheinander, sondern gleichzeitig. Während Toni auf einer Chaiselongue liegt und zur Decke starrt, kniet die fremde Blondine über ihr und reitet den Dildo aus Glas, der zwischen Tonis Beinen klemmt.

Ihre Körper bewegen sich wie Antagonisten in einem Theaterstück.

Toni seufzt, ihre Augen folgen den goldenen Linien auf der tannengrünen Tapete und springen nur dann und wann zu den wippenden Brüsten über ihr.

Adelheid beobachtet sie scheinbar unbeteiligt. „Du musst es ihr sagen", antwortet sie so, wie Toni sich den alterweisen Ratschlag einer etwas schrulligen Großmutter vorstellt.

„Wieso? Es ist nicht meine schuld, dass sie sich in ihn verliebt hat."

„Schuld – Schuld...", winkt Adelheid ab. „Von dem Begriff halte ich gar nichts. Ich spreche von Verantwortung.

Du weißt etwas, von dem weder deine Freundin noch deine Schwester etwas ahnen, und dieses Wissen ist Verantwortung. Von Schuld war nie die Rede."

„Aber vielleicht passiert ja gar nichts zwischen den beiden. Dann würde ich völlig umsonst schlafende Hunde wecken."

Die Blonde presst ihre Brüste in Tonis Handflächen, gibt aber keinen Ton von sich.

„Würdest du es nicht wissen wollen an ihrer Stelle?", fragt Adelheid.

„Nein, es wäre mir egal. Von dem Gedanken, eine Beziehung führen zu wollen, habe ich mich endgültig verabschiedet. Meinetwegen verpasst niemand seine große Liebe."

„Wie edelmütig", meint Adelheid mit mildem Spott in der Stimme, „eine einsame Amazone. Du hast Angst, das ist alles."

Die Blonde schnauft und schielt Toni unter ihren falschen Wimpern von oben herab an, während ihr Becken unermüdlich um den gläsernen Schwanz kreist.

„Um Mascha tut es mir leid. Und um meinen Neffen."

„Dein Selbstmitleid ist viel größer als jeder Gedanke, den du bislang an deine Freundin oder deinen Neffen verschwendet hast", gibt Adelheid unbarmherzig zurück.

„Das stimmt nicht!"

„Leck ihre Fotze."

Gehorsam steigt die Blonde ab, legt den Dildo beiseite

und gleitet zwischen Tonis Beine. Das Zungenpiercing, das vorhin beim Küssen unangenehm Tonis Zähne malträtierte, entschädigt sie jetzt dafür. Wie beiläufig lenkt Adelheid ihren Rollstuhl näher an die Chaiselongue, sodass sie beobachten kann, wie die Zungenspitze mit der kleinen silbernen Perle aus Edelstahl über Tonis Spalte tanzt.

Adelheid ist eine besondere Kundin. Nicht nur, weil sie besonders großzügig zahlt, sondern vor allem deswegen, weil Toni sie nie berühren muss. „Meine Orgasmen finden nur noch im Kopf statt, Kindchen", erklärte sie ihr bei ihrer ersten Begegnung.

Als junge Frau war sie eine leidenschaftliche und, wie die Trophäensammlung im Salon beweist, erfolgreiche Reiterin gewesen. Bis ihr Pferd bei einem Geländesprung stürzte und Adelheid unter sich begrub. Seitdem ist sie querschnittsgelähmt. „Ich hatte Glück. Ich lag noch unter dem Pferd, als es versuchte, wieder aufzustehen. Es hätte dabei ebenso gut mein Genick brechen, meinen Kopf oder meine inneren Organe zerquetschen können. Aber die durfte ich behalten." Wenige Jahre später verstarb ihr Mann. Doch anstatt zu trauern und sich über die Ungerechtigkeit des Lebens zu beklagen, verschenkte Adelheid alle seine persönlichen Sachen und ließ in seinem ehemaligen Arbeitszimmer jenen grünen Salon einrichten. Neben der Chaiselongue, in deren Schonbezug gerade Tonis Saft tropft, hängt die kunstvolle Fotografie einer Vulva. „Männer geben mir nichts mehr", kommentiert Adelheid, „ich kann nichts mit ihnen anfangen und sie nicht mit mir."

Manchmal lädt Adelheid sich mehrere Mädchen ein und leitet sie von ihrem Rollstuhl aus an wie eine Regisseurin. Stunden lang kann sie zusehen und nebenbei noch mit ihnen plaudern – derb, offen und freundschaftlich, wie es ihre Art ist. „Wenn das Schicksal mich fickt, darf es sich nicht wundern, wenn es dabei meinen Mittelfinger im Arsch stecken hat", ist ihr freimütiges Motto. Toni bewundert sie dafür. Und da sie einander bereits seit zwei Jahren kennen, traut sie sich inzwischen, alle möglichen Sorgen und Gedanken mit Adelheid zu teilen, wenn es sich ergibt.

Beim letzten Mal saß sie ihr allein auf der Chaiselongue im Salon gegenüber und vertraute ihr alle Selbstzweifel an, die sie wegen ihres abgebrochenen Studiums plagen. Auch über Literatur unterhielten sie sich, über Lyrik und Prosa, Adelheid sprach über Pferdezucht, ja sie saßen einfach beieinander wie zwei ganz normale Freundinnen. Abgesehen davon, dass Toni währenddessen nackt war und ein Dildo zwischen ihren gespreizten Beinen aufragte. Aber auch daran gewöhnt man sich.

Die Zunge zwischen ihren Beinen lenkt Toni ab. Auf Adelheids Befehl hin hilft die Blonde nun auch mit den Händen nach. Das Piercing kreist auf der Spitze ihrer Klitoris, während zwei Finger zwischen ihren gespreizten

Schamlippen Runden drehen. Sie stöhnt auf.

„Ja, so ist's gut. Besorgs ihr, dann kommt sie mal auf andere Gedanken." Zufrieden sieht Adelheid zu, wie alles zwischen Tonis Beinen anschwillt und der nasse Fleck auf dem Bezug immer größer wird. „Streck deinen Arsch hinten raus."

Die Blonde reckt artig ihr Hinterteil, gleichzeitig wird ihre Zunge drängender und ein dritter Finger gesellt sich zu den beiden, die schon in Tonis Innerem toben.

Arsch, ficken, Fotze. Anfangs fühlten Adelheids Worte sich wie Peitschenhiebe an. Welche Frau mag es schon, wenn man ihre beste Freundin als Fotze bezeichnet? Es gibt so viele andere Begriffe, die weniger Härte besitzen. Mumu zum Beispiel. Möse, Muschi oder Joni. Im richtigen Kontext gebraucht, sind diese Namen weniger abwertend. Bei „Fotze" hingegen hat Toni das Gefühl, angespuckt zu werden. Fo-tze. Eine zweisilbige, geifernde Fontäne der Verachtung. Und mit „Arsch" verhält es sich ganz ähnlich.

Aber wie gesagt – wer ein paar Mal bei Adelheid zu Besuch ist, gewöhnt sich an alles. Würde Toni gegen ihren Sprachgebrauch protestieren, bekäme sie wahrscheinlich zur Antwort: „Was denn, lässt du dich schon von deiner eigenen Sprache ficken?" So oder so ähnlich. Und recht hätte sie damit. Was ist das denn für eine Gesellschaft, in der Vulven als verbale Handgranaten herhalten müssen? „Wenn du dich beleidigt fühlst, hör einfach auf damit."

Zugegeben, es ist schon ein bisschen gruselig, dass Adelheid langsam aber sicher den Platz von Tonis innerer moralischer Stimme einnimmt. Einige fragen sich, was ihre Eltern wohl sagen würden, wenn sie sich in einer Sache unsicher sind. Toni hingegen stellt sich vor, welchen Kommentar Adelheid abgeben würde, und schon schrumpft das Problem auf die Größe eines Zäpfchens. Auf die Stimme ihrer leiblichen Eltern kann sie sich wohl kaum verlassen, schließlich ist sie nicht scharf darauf, dauernd mit einer mittelschweren Depression durch die Welt zu kriechen.

„Du machst aus Kieselsteinen Kanonenkugeln", kommt Adelheid auf Tonis Ausgangsproblem zurück. „Deine Freundin hat sich in deinen Schwager verliebt und er macht ihr Hoffnungen. Na und? Arschlöcher sind da draußen dicht gesät, erst recht unter verheirateten Männern. Sowas kommt vor. Es lohnt sich nicht, auch nur fünf Minuten lang deswegen traurig zu sein. Das wird sie verstehen."

Du kennst Mascha nicht, denkt Toni, doch es kommt nur „Hmmmm..." heraus, weil die Blonde soeben ein Gewitter in ihrem Unterleib heraufbeschwört. Sie hebt das Becken an, ihre Arschbacken erzittern unter dem rasenden Strom, der sich von diesem Zungenpiercing aus durch Tonis ganzen Körper wälzt. Erst als die Flut langsam wieder abebbt, bemerkt sie, dass sie einen schmerzhaft stechenden Krampf in den Leisten hat.

„Eines habe ich noch nicht erwähnt", gesteht Toni heiser, während der Mund der Fremden zwischen ihren Schenkeln auftaucht, leidenschaftlich gerötet unter einem glänzenden, nassen Schleier. „Wenn ich Mascha die Wahrheit sage, verrät er meinen Eltern, dass ich... Dinge tue wie... jetzt gerade, hier bei dir. Er versucht, mich zu erpressen."

„So wie ich das sehe, hat er das gut hinbekommen. Du schlotterst vor Angst. Bravo."

„Nein!", startet Toni einen lahmen Versuch, Adelheid zu widersprechen. „Es ist bloß... sie könnten damit nicht umgehen."

„Zwei Wochen lang hast du nichts unternommen, um zu verhindern, dass deine Freundin sich auf diesen Kerl einlässt. Zwei Wochen lang hast du Däumchen gedreht und dir Ausreden zurechtgelegt, anstatt einfach mal deinen Arsch hochzukriegen und zu dem zu stehen, was dir wichtig ist. Sei es deine Freundschaft oder dein Begehren. Du ziehst den Schwanz ein und erwartest von mir, ich würde dir die Schulter tätscheln?"

„N-nein, ich..."

„Genießt du es, hier zu sein, oder nicht?"

„Doch, natürlich, aber..."

„Gut. Dann gib deiner Zunge jetzt eine sinnvolle Arbeit. Küsst euch. Ich will es schmatzen hören. Und bis wir hier fertig sind, fällt kein Wort mehr über diese Geschichte."

Es gibt nichts, was Toni noch vorbringen könnte, um sich zu rechtfertigen. Ihr bleibt auch keine Zeit, darüber nachzugrübeln, denn schon sind die Lippen der anderen Frau wieder bei ihr. Sie erwidert den Kuss, schmeckt sich selbst und atmet durch die Nase die klebrige Süße ihrer eigenen Erregung ein. Nur halb bewusst beschließt sie, sich für den Orgasmus zu revanchieren. Toni schiebt ein Bein unter das der Blonden, nimmt sie in die Schere und zieht sie so nahe zu sich heran, dass ihre Körpermitten sich ebenfalls küssen.

„Brav so", lobt Adelheid sie.

Die Blonde lässt ihren Kopf in den Nacken fallen, sodass die Spitzen ihrer langen Haare die Chaiselongue streicheln. Sie drückt ihre Spalte gegen Tonis, lehnt sich zurück und beginnt zu stoßen. So heftig, dass Toni sich dagegenstemmen muss, um nicht von der Liege geschoben zu werden.

Wortlos bietet sie Toni eine Hand an, die diese dankbar ergreift. Und während sich ihre Nässe, ihr Duft, ihr Rhythmus und ihre angestrengten Seufzer miteinander vermischen, zündet Adelheid sich grinsend eine Zigarette an.

Kapitel 19

Als Adelheid Toni zum Abschied über den Hintern strich, fragte sie beiläufig: „Hast du keine anderen Freunde, mit denen du darüber reden kannst?" Die Härte war aus ihrer Stimme verschwunden und Toni war sich sicher, dass sie diese Frage nicht stellte, um Desinteresse zu signalisieren, sondern dass sie einen Rat transportierte. Sie nahm sich vor, ihn noch am selben Abend in die Tat umzusetzen, redete sich aber ein, noch nicht die passenden Worte gefunden zu haben. Stattdessen verkroch sie sich in ihrer Schlafzelle, zog einen Lyrikband aus dem Bücherregal und vergnügte sich einige Stunden mit Marie von Ebner-Eschenbach und einer Flasche Wein. Dann beschloss sie, es sei bereits zu spät, um Julia anzurufen, und verschob das Gespräch auf den nächsten Tag.

Nun sitzt sie da, die Hände um eine heiße Tasse Kaffee geschlungen. Das Aroma verdrängt den abgestandenen Dunst ihrer Wohnung und entspannt sie ein wenig. Es ist Zeit, den Arsch hochzukriegen. Aber sie kann sich noch immer nicht dazu durchringen. „Wenn du überzeugt bist, nichts Falsches getan zu haben, woher dann das schlechte Gewissen?", meldet sich ihre sarkastische innere Stimme, die heute mehr denn je klingt wie Adelheid.

Na schön, denkt Toni, greift sich das Handy und tippt auf Julias Namen. Wenn Julia erst einmal eingeweiht ist, verwandelt sich das drohende Unwetter am Horizont vielleicht in eitel Sonnenschein, eine einfache Lösung fällt vom Himmel und sie werden Mascha gemeinsam schonend von Wolke sieben herunter bugsieren. Vielleicht müssen sie ihr dafür nicht einmal die Wahrheit unter die Nase reiben, vielleicht gibt es eine Möglichkeit, Mascha zur Vernunft zu bringen, ohne sie der sauren Erkenntnis preiszugeben, dass Daniel mit Tonis Schwester verheiratet ist. Genau, so wird es sein.

„Hallo Toni, was gibt's?", meldet sich Julia.

„H-hey. Wie geht es dir?"

„Ganz gut, danke."

„Was machst du gerade?"

„Ist was Schlimmes passiert? Sind deine Eltern gestorben?"

Toni beißt sich auf die Unterlippe. Es ist nicht ihre Art, ein Gespräch mit Smalltalk zu beginnen. Natürlich wittert Julia, dass etwas faul ist. In der Leitung raschelt es. „Habe ich dich geweckt?"

„Nein. Nicht direkt." Wieder ein Rascheln, wie von Bettwäsche, unter der sich Frauenbeine räkeln. „Toni? Bist du noch da?"

„Ja. Ich, ähm, ich habe ein Engagement am Theater. Als Autorin. Für ein Stück."

„Klingt großartig!"

„Es geht um die Iljas, um Paris und Helena", fährt Toni fort, obwohl niemand danach gefragt hat. „Es ist eine experimentelle Inszenierung, zusammen mit dem Ballett.

Der Regisseur glaubt, meine Texte seien gut."

„Klar sind deine Texte gut." Julias Stimme scheint wie aus weiter Ferne zu kommen, dann hört man Rainy im Hintergrund flüstern: „Können wir jetzt weitermachen?"

„Du musst mir später mehr davon erzählen", sagt Julia, jetzt wieder nah am Hörer, mit subtiler Betonung auf *später*. „Geh heute Abend mit uns aus, ja? Es ist Samstag, das heißt im *Septum* gibt es den dritten Cocktail zum halben Preis. Ich lade dich ein, wir stoßen an und feiern dein Engagement, okay?"

„Okay", antwortet Toni.

„Okay", echot Rainy im Hintergrund, dann klickt es und Toni fühlt sich, als sei sie der einzige Mensch auf der Welt.

„Na, hast du es schön kuschelig in deiner Wanne voll Selbstmitleid?", keckert Adelheid in ihrem Kopf und Toni verbrüht sich absichtlich die Zunge am Kaffee, um sie zum Schweigen zu bringen.

Kapitel 20

Zwar muss Toni viele Straßenbahnhaltestellen weit fahren, um die Bar zu erreichen, aber das Bedürfnis, sich Julia anzuvertrauen, nagt inzwischen so brennend an ihr, dass nichts infrage kommt, als den Weg auf sich zu nehmen und ihre Freundin - nach zwei, drei Tequila, wenn die Stimmung von Natur aus lösungsorientiert ist - auf den aktuellen Stand über Mister Nadelstreifen zu bringen. Außerdem war sie nicht mehr mit Julia feiern, seit sie deren Couch zugunsten einer eigenen Wohnung verließ. Es könnte ein befreiender Abend werden.

Das *Septum* ist zwar nicht die billigste Wahl, aber genau richtig um auf ein Engagement als Poetin anzustoßen. Oder sich schuldbewusst zu betrinken. Hinter der Bar steht ein tätowierter, zwei Meter hoher Baum von Frau, deren gepiercte Nippel sich durch die stramme Lederweste hindurch abzeichnen. Passend zum Taufnamen der Bar trägt sie ein üppig verziertes Septum.

Rainy starrt voller unverhohlener Faszination zu der Barfrau hoch. Selbst, als Julia ihr versehentlich (oder auch nicht) mit dem Ellenbogen die Rippen massiert, lässt sie nicht davon ab.

„Was möchtest du trinken?", begrüßt Julia Toni, als sie auf den Drehhocker klettert, den die beiden ihr an der Bar freigehalten haben.

„Für mich bitte einen *Golden Shot*."

„Und du? Schatz?" Mit der flachen Hand wedelt Julia in Rainys Sichtfeld herum, um die Nippel der Barkeeperin daraus zu verscheuchen. „Du brauchst nicht darauf zu warten, dass die Dinger Muttermilch geben."

„Okay, äh... ich nehme *Caras Pussy*."

„Wo ist Mascha? Hast du ihr nicht Bescheid gegeben?"

„Nein, noch nicht."

Die Beleuchtung wechselt gedehnt langsam von rotem zu violettem Licht und Tina Turner schmettert *What's love got to do with it* aus den Boxen. Es ist, als habe Toni eine Zeitreise in die Vergangenheit unternommen, als noch jede zweite weibliche Silhouette in ihren Augen wie Marie aussah, ja, als sie selbst an der Barfrau irgendeine entfernte Ähnlichkeit mit ihrer zierlichen, langhaarigen, gänzlich untätowierten Ex-Freundin gefunden hätte und als sie sich zwischen den Beinen einen Vollbart wachsen ließ, weil sogar der Anblick ihrer eigenen Möse sie beim Rasieren an Marie erinnerte. Wenn jetzt eine Frau an die Bar käme, eine gepflegte, wohlriechende Geschäftsfrau mittleren Alters, die Toni Geld für eine Nacht anböte – hätte sie abgelehnt, wenn sie damals bereits geahnt hätte, in welcher Verfassung sie zwei Jahre später an die Bar zurückkehren würde? Eine unglücklich verliebte Hure, die zu feige ist, zu ihren eigenen Entscheidungen zu stehen. Wäre Geld ein Argument, das sie trotz besseren Wissens wieder überzeugen könnte, es mit einer fremden Frau zu treiben?

Ihre Gedanken verzurren sich zu einem Knoten. Sie klammert sich an das Cocktailglas, das die Barkeeperin ihr zuschiebt.

„Na?" Plötzlich sitzt Rainy neben ihr. So dicht, dass ihre Schultern sich berühren.

„Wo ist Julia?"

„Sie hat eine Bekannte entdeckt, der sie Hallo sagen möchte. Bestimmt ist sie gleich wieder da." Wahrscheinlich hätte Toni etwas davon mitbekommen müssen, aber die Hypothesen-Achterban hat stattdessen ihre ganze Aufmerksamkeit beansprucht. „Sie erzählte mir, dass das Theater ein Stück von dir aufführen will. Helena in Paris oder so ähnlich."

„Wenn, dann wohl eher Paris in Helena."

„Wie kommt die Hauptstadt von Frankreich in eine Frau?"

„Vergiss es." Toni nippt an ihrem *Golden Shot*.

„Okay. Glückwunsch jedenfalls." Von Rainys Schulter geht eine irrationale Hitze aus. Im Hintergrund läuft ein neuer Song an und das Licht färbt sich allmählich türkisblau.

Irgendwo aus dem Halbdunkel kann sie Julia lachen hören. So ein Lachen, das man völlig unbegründet von sich gibt, das Erheiterung oder Freude oder beides simuliert. Die Sorte von Lachen, mit dem man auf inhaltslose Fragen reagiert, auf die niemand wirklich eine ehrliche Antwort erwartet. Wahrscheinlich hört auch Rainy das

Lachen, aber sie denkt sich nichts dabei, sondern rührt mit ihrem Strohhalm in *Caras Pussy*. Julias Lachen ist ihr noch nicht so vertraut, wie es für Toni ist. Noch nimmt sie die feinen Nuancen nicht wahr, die das eine Lachen vom anderen unterscheiden. Sonst würde sie jetzt aufstehen, zu Julia ins Halbdunkel schweben und sie höflich und bestimmt von der Begegnung befreien, die ihr offensichtlich Unbehagen bereitet.

„Hey Rainy, du solltest mal nach Julia sehen."

Wie zu erwarten war, kapiert Rainy überhaupt nichts. „Wieso denn? Ich will sie nicht stören. Außerdem soll man sein Glas nie unbeobachtet – hey!"

Toni drückt Rainy das Cocktailglas in die Hand und dreht sie auf dem Barhocker um die eigene Achse. „Nun mach schon. Du tust ihr damit einen Gefallen, glaub mir." Sie blickt Rainy nach, wie sie unbeholfen in die Richtung watschelt, aus der Julias Stimme zu ihnen herüber weht. Guten Willen hat sie jedenfalls, das muss man ihr lassen, denkt Toni.

Plötzlich unterbricht sich die Barfrau darin, hingebungsvoll Sahne in ein Glas zu gießen, und schaut auf, direkt zu Toni. Nein, haarscharf an Toni vorbei, auf etwas, das hinter ihr liegt. Im nächsten Augenblick landet schon eine Hand auf Tonis Rücken und irgendwer raunt ihr mit halbherzig gesenkter Stimme ins Ohr: „Hast du Zeit für eine schnelle Nummer? Dauert nur ne Sekunde und du bekommst dein Geld."

Toni wird von ihrem Platz gezogen, Finger schließen sich knochenhart um ihr Handgelenk. Sie wehrt sich nicht dagegen, auch wenn ihr kein plausibler Grund einfällt, wieso sie sich von einer Wildfremden abschleppen lässt, an einem Abend, der ihrem schriftstellerischen Erfolg gewidmet sein sollte. Eben waren ihre Sinne noch auf den Klang von Julias Lachen ausgerichtet und ihre grauen Zellen brauchen eine Sekunde zu lange, sich auf neue Entscheidungen einzustellen.

Die Barfrau folgt ihnen mit den Augen, bis sie um eine Ecke biegen, hinein in den dumpf beleuchteten Korridor, der zu den Toiletten führt.

Auf dem Gang schlüpft Tonis Verstand wieder zurück in ihren Körper und mustert die Frau, von der sie sich da gerade abschleppen lässt. Breites Kreuz, breiter Nacken, Undercut. Ihre Figur ist in den Männerklamotten, die sie trägt, nicht auszumachen, doch ihr Griff ist unnachgiebig.

Ja, irgendwie ist es heiß, von einer unbekannten Butch überfallen und im Schnellprogramm auf der Clubtoilette vernascht zu werden. Kurz spürt Toni ein freudiges Ziehen zwischen den Beinen, dann trifft sie ein Gedanke wie ein erbarmungsloser Kopfschuss: Woher weiß diese Frau, dass Toni für Geld zu haben ist? Woran konnte sie ablesen, dass Tonis Prioritäten anders verteilt sind als die der übrigen Gäste?

Weil ich ihr nicht so unbekannt bin wie sie mir.

Ohne sich umzuschauen, schiebt sie Toni in den Raum für Behinderte und schließt die Tür hinter ihnen ab.

Kapitel 21

Mit der Kraft einer Gewichtheberin nagelt sie Toni an die geflieste Wand. Durch drei Lagen Kleidung hindurch spürt sie, dass diese Frau die Konstitution einer Sportlerin besitzt. Mit ihrem Brokkoli-Bizeps könnte Toni nichts gegen sie ausrichten, selbst wenn sie all ihre kümmerliche Kraft zusammennähme. Ihr bleibt kaum genug Raum, um Atem zu holen, geschweige denn zu einem Schlag oder Tritt anzusetzen.

Bis auf das leuchtkäfergroße Lämpchen der Alarmanlage herrscht eine Dunkelheit, wie zuletzt kurz vor dem Urknall. Die Frau verzichtet darauf, den Lichtschalter zu betätigen und Toni ist nicht so dumm, zu glauben, sie würde sie in Ruhe danach suchen lassen. Ihre einzigen Orientierungspunkte sind die Wand in ihrem Rücken und der harte Körper an ihrem. So fühlt sich also ein Stück Schinken, das zwischen zwei Sandwichscheiben gefangen ist und darauf wartet, verspeist zu werden.

„Nett, dass du dir Zeit für mich nimmst", wispert es, triefend vor Bitterkeit. „Treibst du's eigentlich auch mit Männern? Sind auch Schwänze dabei oder nur Muschis?"

Das ist der Moment, in dem Toni den Unterschied erkennt zwischen Adelheids Art, vulgäre Wörter zu gebrauchen, und... dieser hier. Die Sätze zischen wie Kanonenkugeln durch das Toilettenzimmer, trudeln umher und streifen auf ihrer Flugbahn bedrückend Tonis Feingefühl. Im grünen Salon vermögen sie hingegen, eine Art tabulose Erotik zu entfesseln. Schlösser zu öffnen, die vorher fein moralisch verschlossen waren. Seltsam, wie ein und dasselbe Wort verschiedene Bedeutungen annehmen kann.

Nicht, dass diese Erkenntnis Toni gerade von Nutzen wäre...

„Wer bist du?"

„Macht dich bestimmt mächtig an, das nicht zu wissen."

„Das ist ein Spiel, oder?"

„Oh ja, das ist es. Ein schmutziges kleines Spiel, so wie du es am liebsten hast."

Heißer Atem kitzelt Tonis Ohrmuschel. „Macht mich ein bisschen nervös, dass ich die Spielregeln nicht kenne", sagt sie.

„Die Spielregeln!", bellt die Butch. „Bist du es nicht gewohnt, anderen deine Regeln aufzuzwingen? Schläfst dich durch die Clubs, nimmst alles mit, was du kriegen kannst und verlangst noch Geld dafür. Als wäre deine Muschi ganz was Besonderes. Als hätte dein dreckiges, kleines Loch irgendwas, das andere nicht haben. Außer vielleicht Krankheiten."

Im Dunkeln schließt Toni die Augen. „Gut. Wahrscheinlich musstest du es einfach loswerden. Jetzt mach bitte die Tür auf und lass mich gehen, dann verzeihe ich dir."

„Lass diese queere Jesus-Nummer. Ich sollte dich durchnehmen, bis deine Eileiter dir zu den Ohren rauskommen."

Nach allem, was Toni sich nun anhören musste, nimmt sie sich das Recht heraus, die Stimme zu erheben. „Was willst du von mir? Und woher weißt du, wer ich bin?"

„Das spielt überhaupt keine Rolle. Für dich bin ich bloß eine weitere Nummer, eine Muschi auf Beinen. So ist es doch! Was dich betrifft, Antonia Schwegler – dein Ruf eilt dir voraus. Die Lesben in den Clubs verschwenden ihre Zungen daran, über dich zu tratschen. Eine erbärmliche, geldgeile Schlampe nennen sie dich. Eine Nymphomanin, die die ehrlichen Mädchen mit dem Arsch nicht ansieht, wenn sie nicht zahlen können."

„Was bist du, die Sittenpolizei?"

„Eine, die nicht auf dich hereinfällt, bin ich. Auf dein dichterisches Getue, deine scheiß romantische Ader, deine Art, Frauen um den Finger zu wickeln und sie dann auszuquetschen, bis nichts mehr aus ihnen rauszuholen ist. Ich weiß ganz genau, wie du es anstellst."

„Dann bist du ja besser informiert als ich."

Eine Hand schiebt sich in Tonis Hose und drückt gegen ihre Scham. „Wenn du nichts dagegen hast, kommen wir jetzt zum geschäftlichen Teil."

„Nein!" Entschieden versetzt Toni ihr mit den Schultern einen Stoß, was die Frau nicht im Geringsten zu beeindrucken scheint.

„Was denn, ist deine Mumu sich plötzlich zu fein für ein bisschen Arbeit? Oder muss ich erst nachhelfen, ehe du in Fahrt kommst?" Ihre Finger krümmen sich, winden sich wie riesige, widerwärtige Würmer in Tonis Unterhose, wühlen sich den Weg zu ihren Schamlippen frei.

Panik befällt Toni, die blinden, gefräßigen Biester könnten in sie eindringen und ihr einen Schaden zufügen, den niemand auf der Welt je wieder zu heilen vermag. Sobald die Fingerkuppen ihre Vagina erreichen, werden sie unsichtbare Larven absondern, die sich in Toni festsetzen und sie von innen zermürben, auf jede Frau überkriechen, die sich ihr nähert, und sie in eine empfindungslose, schleimige Hülle verwandeln. Sie windet sich, doch sie kann nirgendwo hin ausweichen. Also bleibt ihr nur, die Beine zusammen zu kneifen und sich mit aller Kraft gegen die Frau zu stemmen. Sie muss unter allen Umständen verhindern, dass diese Finger in sie eindringen und sie dem unabwendbaren Schicksal völligen Zerfalls ausliefern.

Woher diese Gewissheit stammt, kann Toni nicht beschreiben. Womöglich ist es der angeborene Selbsterhaltungstrieb, der jede Frau intuitiv zur Leibwächterin ihrer eigenen Würde macht. Und schreiend, mit Zähnen und Füßen, ringt sie um diesen Rest Würde, als plötzlich andere Hände, helfende Hände energisch an die Tür klopfen.

„Macht auf. Jetzt sofort."

Die Butch unterbricht sich darin, weiter in Toni vorzudringen. Sie atmet schwer – ein warmer, schwefeliger

Hauch, der Tonis Lunge vor Abscheu zuschnappen lässt. Sie will diesen Atem nicht in sich haben...

Das Türschloss klickt, Licht blendet sie und die Hand verschwindet mit einem Ruck aus ihrer Hose. Im nächsten Moment drückt die Barfrau das Gesicht der Butch gegen die Fliesen.

Julia erscheint im Türrahmen. Ihre Stimme ist wie ein Anker, der Toni Halt gibt. „Ist alles in Ordnung mit dir?"

„War das eivernehmlich?", fragt die Barkeeperin, obwohl ihr anzuhören ist, dass sie die Antwort bereits kennt.

„N-nein..." Toni schlingt die Arme um sich, während Julia fürsorglich den Knopf ihrer Hose schließt und ihr das zerzauste Haar aus dem Gesicht streicht. „Nein, war es nicht."

Die Butch, die sich widerstandslos in den Schwitzkasten hat nehmen lassen, lacht auf. Ein herablassendes Feixen, das in Toni den Wunsch heraufbeschwört, ihr die Nase einzutreten.

„Dann müssen wir die Polizei rufen", sagt die Barfrau.

Die Butch lacht noch lauter. „Sicher! Nur zu!"

Toni stellt sich vor, wie sie einem Beamten zu erklären versucht, aus welchem Grund sie sich freiwillig in den Toilettenraum begeben hat. Und wieso sie in den Augen der Butch eine Schlampe ist. ‚So, Prostitution also? Haben Sie eine Anmeldebescheinigung Ihrer Tätigkeit? Ein Gesundheitszeugnis? Können Sie nachweisen, dass die

Verdächtige gegen Ihren Willen sexuelle Handlungen an Ihnen vornahm?' Nein, natürlich nicht. Das Lachen der Butch echot höhnisch in ihren Ohren.

„Nicht nötig. Es geht mir gut", hört sie sich sagen. „Außerdem könnte ich gar nichts nachweisen."

Mit einem Ärmel tupft Julia die Schweißperlen von Tonis bleicher Stirn.

„Wir würden als Zeuginnen aussagen", bietet Rainy an, die nun ebenfalls auf der Bildfläche erschienen ist.

„Nein! Ich meine... danke, aber das muss wirklich nicht sein."

„Dann belassen wir es bei einem höflichen Hausverbot", knirscht die Barfrau. „Mit anderen Worten: Wenn du dich noch einmal hier blicken lässt, schlägt jemand dir den Schädel ein, hast du verstanden?"

„Das war es wert", keucht die Butch, während sie, einen Arm auf dem Rücken verdreht, in Richtung Ausgang geschoben wird. Schützend stellt Julia sich vor Toni, doch bevor sie endgültig in der Nacht verschwindet, kreuzt die fremde Frau mit glühend grauen Augen Tonis Blick und raunt: „Liebe Grüße von Marie."

Kapitel 22

Auf dem Heimweg hat es zu regnen begonnen. Ein kalter Schauer, der alles durchdringt, einem aus den nassen Haaren ins Gesicht läuft und selbst durch die Polster eines Büstenhalters zu sickern vermag. Das Licht der Straßenlaternen spiegelt sich auf dem glitschigen Asphalt. Der Essensgeruch, der salzig und schwer aus zig Bistros, Kebabs und Restaurants strömt und in den Straßen hängen bleibt, durchmischt mit den Abgasen der Autos und den Ausdünstungen der Menschen, all das ist plötzlich wie weggewischt. Die Farben und Kontraste aber, die der Nacht erhalten geblieben sind, gewinnen an Schärfe. Die Luft ist wieder lebendig geworden und Toni, die einem lebenslang dauernden Tod durch Ersticken bereits ins Auge gesehen hatte, atmet auf.

„Nach einem solchen Regen bin ich benannt", sagt Rainy, als sie zu dritt die letzte Straße vor Tonis Wohnung überqueren. Nach dem, was im *Septum* geschehen war, bestand Julia darauf, Toni nach Hause zu begleiten und Rainy, diesmal ganz auf der Höhe des Geschehens, schloss sich ihnen an.

Nun stehen sie unschlüssig im Hausflur herum, bis Julia fragt: „Möchtest du lieber allein sein?"

Toni hebt die Schultern. „Nein. Oder doch. Frag mich nicht." Dann fällt ihr ein, dass draußen gerade die Sintflut adaptiert wird und Julias Auto gut zwei Kilometer entfernt steht. „Bleibt doch, bis der Regen aufhört. Ihr könnt eure

Sachen über die Heizung hängen, wenn ihr mögt."

Während Rainy Teewasser aufsetzt, hilft Julia Toni dabei, sich ihrer durchnässten Kleider zu entledigen. „Mist, in der Tasche war noch die Eintrittskarte der Hamlet-Inszenierung, auf der ich Celine kennengelernt habe", flucht Toni, als sie ihre Hose über der Spüle auswindet. „Jetzt ist sie nur noch ein feuchter Batzen."

„Wie geht es dir?" Julia legt ihr ein Handtuch um die Schultern.

„Ich bin müde, nichts weiter."

Der Wasserkocher brabbelt beruhigend vor sich hin.

„Was hat die Frau gemeint? Wer ist Marie?", fragt Rainy. „Was denn?", als sie einen strafenden Blick von Julia erntet.

„Jemand, den ich einmal sehr geliebt habe", antwortet Toni.

„Warum schickt sie dir eine Frau, die dich bedroht?"

„Bestimmt war es nur Zufall." Julia schlägt einen Ton an, der jedwede Verschwörungstheorie vom Tisch fegt, bevor sie entsteht. „Sie hat Toni durch Zufall dort sitzen sehen und glaubte, das sei eine gute Gelegenheit, sich an ihr auszulassen."

„Ich wäre ja bei ihr geblieben, aber sie hat mich zu dir geschickt. Und als ich mich umdrehte, war sie nicht mehr da. Dann sprach mich die Barkeeperin an", eine erdbeerfarbene Röte huscht über Rainys Wangen, „aber ich begriff nicht gleich, was sie von mir wollte. Sie fragte, ob wir verabredet gewesen seien und ob wir noch jemanden erwarteten."

„Ich wusste zuerst gar nicht, was sie meinte, aber... ich hatte kein gutes Gefühl. Und als wir den Gang betraten, hörten wir dich schreien", fügt Julia hinzu und rauft sich das blonde Stoppelhaar. „Es tut mir leid. Hätte ich euch bloß nicht alleingelassen! Elke kann mich nicht mal leiden, es war vollkommen sinnlos, sie zu begrüßen. Ich hätte..."

„Was genau ist denn nun vorgefallen?", fragt Rainy. „Ich meine, wieso wart ihr in der Behindertentoilette und was hat die Frau dir angetan?"

„Du musst es uns nicht sagen, wenn du nicht willst", wirft Julia ein. „Nur, wenn es dir hilft."

„Sie hat versucht, mich zu beleidigen und mich berührt, obwohl ich es nicht wollte. Andere Frauen erleben täglich weit Schlimmeres als das. Genau genommen ist es meiner eigenen Dummheit geschuldet."

„Sag so etwas nicht!" Julia nimmt sie bei den Schultern, als ob sie Toni wachrütteln wolle. „Was sie getan hat, war ekelhaft, und sie allein trägt die Schuld daran."

‚Schuld, Schuld', echot Adelheids Stimme in Tonis Kopf, ‚worum es geht, ist Verantwortung. Die übernimmt jeder für sich.' Sie hatte den Vorgeschmack des Geldes schon auf der Zunge. Die Idee, dass sie mit dem schnell verdienten Schein eine Runde Drinks ausgeben könnte, machte ihre Füße fügsam. In dem Augenblick, als sie sich in dieses Toilettenzimmer ziehen ließ, war sie eine Hure.

„Hm", macht Toni. „Bitte, ich würde jetzt gern schlafen."

„Okay. Wir bleiben hier, bis du eingeschlafen bist", sagt Rainy und verblüfft Toni, indem sie ihr Gesicht behutsam in beide Hände nimmt und ihr auf Zehenspitzen die Stirn küsst. „Du bist nicht alleine."

Benommen tappt Toni zu ihrer Schlafkaschemme. Ihre Füße fühlen sich an wie tiefgefrorene Fischstäbchen. Der Regen klopft unablässig an die Fenster. Kurz überlegt sie, einen Umweg über das Badezimmer einzuschlagen und sich eine heiße Dusche zu gönnen. Aber die Müdigkeit beschwert bereits ihre Lider und ihre Sinne. Gähnend will Toni sich aufs Bett fallen lassen, als der Lichtkegel durch die offene Tür auf einen Schatten fällt. Ein quadratisches, dunkles Ding, das am Kopfende ihres Bettes thront. Still hockt es auf ihrem Kissen – da, wo normalerweise Tonis Kopf gewesen wäre - und grient sie an. Bücher liegen aufgeschlagen und mit zerknickten Seiten darum herum verstreut.

Zu viel. Es ist einfach zu viel. Ein lauter Schluchzer bricht sich bebend Bahn aus Tonis Eingeweiden. Ihr Rückgrat hält sie nicht länger aufrecht, ihre Beine knicken ein und ihre Hände stoßen sich an den Kanten der Bücher, als sie fällt.

Gibt es denn gar keine richtige Entscheidung im Leben? Gibt es von all den Orten, an denen sie sich heute Abend hätte aufhalten können, nur einen einzigen, der ihrer Existenz nicht feindlich gegenübersteht?

„Schon gut, wir räumen das auf", hört sie Julia sagen, aber manche Dinge *kann* man nicht aufräumen. Und selbst, wenn man es könnte, würde das Entstehen neuer Ordnung nur eine andere Form des Chaos heraufbeschwören. Eine neue Dimension der offenen Fragen, auf die es entsetzlich viele Antworten gibt – Antworten, die keine Wahrheit enthalten.

„Ich bin eine Schlampe." Toni stößt die Worte greinend hervor. „Eine dreckige Schlampe. Sie haben recht!"

„Rainy, geh und lass die Badewanne ein."

„Wer hat den Spiegel erfunden? Wer hat diesen verdammten Spiegel erfunden? Ich will mich nie wieder ansehen. Ich will einfach verschwinden. Mich in Rauch auflösen."

„Ist ja gut."

„Nein!", heult Toni. „Ich habe das verdient. Ich bin bloß ein Kind, das sich als Hure verkleidet hat. Als Jeanne d'Arc unter den Lesben bin ich aufgetreten und als zerknitterter Scheißhaufen krieche ich wieder von der Bühne. Meine eigenen Worte werden mir fremd, sobald sie mich verlassen haben. Wie soll mich denn noch jemand ernstnehmen nach alledem?"

„Wir könnten ihr kaltes Wasser über den Kopf gießen", schlägt Rainy vor, „ein Rezept meiner Großmutter gegen Melancholie."

„Nun ist es aber genug!" Damit meint Julia sowohl Rainys Idee als auch Tonis wortreichen Weinkrampf. „Ja Toni, du hast etwas Scheußliches erlebt und ich wünschte wirklich, ich könnte das ungeschehen machen. Aber du hast partout keinen Grund, dich selbst anzuklagen."

„Doch", schnieft Toni und dann bricht alles aus ihr heraus. Ihre verwirrenden Gefühle für Celine, der Kuss, die unselige Erkenntnis über Mister Nadelstreifens Identität, seine Drohung – und es ist ihr gleichgültig, dass Rainy auf diese Weise von der Art ihres Gelderwerbs erfährt, dass Adelheid recht hat, wenn sie Toni des Selbstmitleids bezichtigt, und dass es draußen schon lange aufgehört hat zu regnen. Sie schüttet auch die letzte Prise Wahrheit aus, bis es gar kein Geheimnis mehr gibt. Mit fleckigen Wangen und verquollenen Augen krümmt Toni sich um ihr winziges, flackerndes Lebenslicht. Sie fühlt sich ausgezehrt und unendlich alt. Draußen dämmert bereits ein neuer Tag, aber Julia und Rainy sitzen noch immer bei ihr und hören zu, bis nichts mehr kommt.

Jemand drückt ihr eine Tasse Kräutertee in die Hand, aus dem Badezimmer dringt ein Rauschen und die Zeit schwebt nutzlos über ihnen im Raum.

Vier Hände lenken Toni mit sanfter Bestimmung, helfen ihr, in die Badewanne zu steigen, die nach Lavendelseife duftet. Sie lässt sich in die Wärme gleiten und kleine Wellen kullern über sie hinweg wie Umarmungen. Das

Wasser nimmt den Schmutz fort, dort wo die Finger der Frau sich in sie hineingewühlt haben. Irgendwo, nicht allzu weit vom Schlaf entfernt, treibt Toni durch violette Lavendelwärme.

„Was machen wir jetzt?", wispert Rainy.

Julia gestattet sich ein Gähnen. „Du bleibst hier und passt auf sie auf, während ich das kaputte Wandregal von ihrem Bett räume."

Kapitel 23

Sanft taucht Toni aus dem Dämmerschlaf auf, in den sie nach dem Erwachen zurückgefallen war. Am Morgen danach. Sie reibt sich die Augen und horcht in sich hinein. Alle Körperteile melden sich ordnungsgemäß zum Dienst, ihre Füße sind warm und ihr Herz schlägt ruhig. Die Energie ist in sie zurückgekehrt, obwohl sie kaum länger als fünf Stunden geschlafen hat. Dafür hat etwas anderes sie verlassen: Das Gefühl von Schuld. Wie ein penetrantes Pfeifen im Ohr, das plötzlich verstummt.

Sie steht auf, geht in die Küche, um Kaffee anzusetzen, und spürt dabei keinen Gegenwind mehr. Ihre Schritte sind leicht. Während die Kaffeemaschine blubbert, öffnet Toni die Fenster und atmet. Das Rauschen der Menschen, den regengetauften Asphalt und den Wind, der die grimmig geballten Wolken über den Himmel treibt. All das atmet sie, als sei es das erste Mal. Die Ereignisse des letzten Abends sind ihr zwar gegenwärtig, doch anstatt sich davon niederwerfen zu lassen, steigt sie darauf, um höherzustehen. Es gilt, sich Wertvollerem zuzuwenden als der Vergangenheit.

Es ist die Seelenruhe einer Kriegerin.

Das Handy zeigt trötend Maschas Namen auf dem Display.

„Guten Morgen, Toni. Julia hat mich gebeten, dich anzurufen. Du müsstest mit mir reden und es sei wichtig, schrieb sie."

„Ja, aber bevor du es erfährst, muss ich noch etwas erledigen. Ich komme heute Abend zu dir, ja?"

Mascha hüstelt. „Ausgerechnet heute? Du weißt, ich bin immer für dich da. Es ist nur... naja, ich bin heute mit Daniel verabredet. Bei mir. Und ich hatte vor, den Abend mit ihm allein zu verbringen."

„Scheiße!"

„Wie bitte?"

„Wir müssen uns vorher treffen."

„Das geht nicht, ich habe einen Termin beim Friseur, bei der Pediküre und einen beim Zahnarzt. Kannst du mir nicht jetzt gleich am Telefon sagen, worum es geht?"

„Um Himmels Willen, Mascha!"

„Was meinst-„

Toni legt auf, lässt den Kaffee stehen, wickelt sich in irgendetwas, das ihr aus dem Kleiderschrank entgegenfällt, und ignoriert Maschas Nachrichten mit Fragezeichen darin. Ihr unsichtbarer Superhelden-Umhang bläht sich dramatisch, als sie aus dem Haus stürmt, um den nächsten Bus zu erwischen.

Und während sie im Vorbeifahren die Landschaft betrachtet, die ihr so vertraut ist wie die Linien auf ihrem Handrücken; während sie das Haus ihrer Eltern näherkommen fühlt, fließen Worte durch ihre Gedanken. Ein neuer Rhythmus erfasst sie und pulsiert in ihrer Stirn. Zwar bleiben ihr nur noch drei Stationen, bevor sie aussteigen muss, doch sie kann nicht anders, als ihr

Notizbuch hervorzukramen und mit schlaglochverzerrter Schrift zu Papier zu bringen, was aus ihr hervordrängt.

Die Frau, die fliegt,
erkennt das Herz der Wolken
während in ungezähmten Stürmen
sie zerfließt.

Die Weite klingt
im Ruf der Vögel nach und
Monde brechen die Gezeiten
wenn sie singt.

In der Unendlichkeit…

Der Bus spuckt Toni auf den Gehsteig und sie beschreitet den altbekannten Weg. Hin zu dem Haus, das einmal ihr Sehnsuchtsort war. Vielleicht ist es nicht das allerletzte Mal – doch ganz gewiss ist es das letzte Mal, dass sie hingeht, um etwas zu verlangen. Sie kann es sich nicht leisten, ihre Hoffnung auf ein Pferd zu setzen, das rückwärtsgewandt ist. Es würde sie in die falsche Richtung führen. In eine Vergangenheit, die sie nicht länger zu ertragen bereit ist.

Als sie klingelt, ertönt drinnen nicht der vorwurfsvoll schleifende Schritt ihrer Mutter. Stattdessen ist es Daniel, der ihr die Tür öffnet. Er hat die Nadelstreifenhose gegen eine Jeans getauscht und den Ehering wieder angesteckt. „Du hast exakt zehn Sekunden Zeit, um umzukehren. Ich sage ihnen, der Paketbote habe sich in der Tür geirrt."

Wortlos schiebt Toni ihn beiseite und tritt in den Flur. Sandras Stimme und das Klappern von Kuchengabeln auf Tellern dringen aus der Küche.

„Du willst da nicht reingehen", sagt Daniel halblaut. „Sie reden über dich. Schau nicht so. Ich habe keinen Ton gesagt, falls du das meinst. Nein, es geht um dein Studium und... alles andere."

Toni schüttelt Daniels Hand ab, als er versucht, ihren Arm zu ergreifen.

„Was hast du vor?"

„Ihnen Gesprächsstoff liefern, das habe ich vor." Und aufrecht, mit geradem Rücken, betritt Toni die Küche. Wie ein Tsunami fegt ihre Anwesenheit über die Gespräche hinweg. Jannis ist der Einzige, der sie anlächelt.

„Antonia?" Ihre Mutter blinzelt, als sei ihr ein Gespenst erschienen.

„Willst du mir nicht ein Stück Kuchen anbieten?", fragt Toni. Einfach so, weil sie dem Gesichtsausdruck ihrer Eltern etwas Originelles hinzufügen möchte.

„Ich glaube nicht, dass du eingeladen warst, Schwesterherz", sagt Sandra mit dem penetranten Unterton einer Hobelmaschine und pult sich mit der Zungenspitze den Schokokuchen aus den Backenzähnen. „Mutter, hattest du sie eingeladen?"

„Ich arbeite nicht als Kellnerin. Schon lange nicht mehr", beginnt Toni ohne Umschweife. Sie hat schließlich nicht vor, hier Wurzeln zu schlagen. Hinter ihr erscheint Daniel im Türrahmen. Das bedeutet, der Moment ist da. „Frauen bezahlen mich dafür, dass ich mit ihnen schlafe. Ich nehme Geld für Sex."

Ein schriller Aufschrei kommt aus Sandras Kehle und ihre Hände schnellen empor, um Jannis die Ohren zuzuhalten. „Bist du jetzt völlig übergeschnappt?", keift sie.

„Da es euch zu interessieren scheint, wie ich meine Zeit verbringe, erfahrt ihr nun die ganze Wahrheit." Und an ihren Vater gewandt, fährt Toni fort: „Es ist fast so wie in den Pornos. Streicheln, lecken, Fingern, manchmal mit Dildo..."

„Hör auf!", schreit Sandra.

„...oder Vibrator, einmal habe ich es jemandem mit einer Gurke besorgt." An dieser Stelle faltet ihre Mutter beide Hände vor dem Mund, als bete sie, das böse Gespenst möge verschwinden und stammelt: „Herrgott, Herrgott."

„Meine Kundinnen sind ganz normale Frauen. Hausfrauen, Unternehmerinnen, Lehrerinnen..."

„Normal? Nichts an diesem Irrsinn ist normal!"

„Es reicht jetzt, Toni!", pflichtet ihr Vater Sandra bei. „Niemand will das hören."

„Es ist mir ganz gleich, was ihr hören wollt. Ich bin glücklich, ob es euch passt oder nicht."

„Wenn du dich endlich von einem Mann durchnehmen lassen und BWL studieren würdest, dann wärst du vielleicht glücklich!"

„Sandra-" Irgendwie gelingt es ihrer Mutter, ihren Ausdruck des Entsetzens noch zu steigern. „Dass so etwas in diesem Haus überhaupt möglich ist."

„Übrigens bin ich in eine Schauspielerin verliebt. Ihre Eltern haben ihr verziehen, obwohl sie in ihrem ersten Stück nackt auf der Bühne..."

„Kann denn keiner von euch sie zum Schweigen bringen?" Sandra drückt so fest auf Jannis' Ohren, dass er zu weinen beginnt. „Schaff sie raus, Daniel. Sofort. Oder willst du das unserem Kind weiter zumuten?"

Toni kreuzt Daniels Blick. So viel mühsam unterdrückte Verzweiflung hat sie bislang nur im Spiegel gesehen. Er ist noch bleicher als Tonis Mutter und sein Unterkiefer zittert, als würde er augenblicklich in das Schluchzen seines Sohnes einfallen. ‚Was ihn betrifft – Daniel betrügt dich mit einer Frau aus der Firma. Er hatte vor, heute Abend mit ihr zu schlafen. Aber ansonsten wünsche ich euch noch einen schönen Tag.' Sie könnte es sagen. Toni könnte diese Bombe einfach hinter sich werfen und hinausspazieren. Es liegt ihr schon auf der Zunge, doch sie schluckt es hinunter wie einen Kugelfisch im Ganzen und verlässt die Küche, ohne der Ehe ihrer Schwester den Todesstoß zu versetzen.

Nicht, weil sie spontan so etwas wie Sympathie für Daniel und Sandra entwickelt hat, sondern weil es nicht in ihrer Verantwortung liegt, diesen Krieg weiterzuführen. Sie wird nicht in die Kloake greifen, nur um jemanden mit Scheiße zu bewerfen, der es verdient hätte. Sie ist nicht wie ihre Schwester.

Außerdem kommt ihr Daniels Vergehen plötzlich nichtig vor. Weiß sie selbst nicht allzu genau, wie es sich anfühlt, in mehrere Menschen gleichzeitig verliebt zu sein?

Und die Erpressung? Geschenkt! Sie hat ihn entwaffnet. Nachher wird sie Mascha erklären, dass ihr nadelgestreifter Prinz ein Knallfrosch ist, und es dabei belassen. Adelheid hat recht, es lohnt sich nicht, deswegen traurig zu sein.

Toni zieht die Haustür hinter sich zu und überspringt das kniehohe Gartentor mit einem Satz. Eine Last ist von ihren Schultern genommen, sie könnte sich nackt ausziehen und wirbelnd über die Straße tanzen, sodass allen Nachbarn, die zwischen den Gardienen hindurch lugen, Hören und Sehen vergeht.

Sandras Aufschrei, die Reaktion ihrer Eltern und Daniels gequälte Miene spuken zwar um sie herum, kommen aber nicht mehr an Toni heran. Sie streckt die Arme aus und dreht sich im Kreis, als ein Windhauch ihr das Haar in die Stirn weht.

In der Unendlichkeit
bleibt sie der Mittelpunkt der Welt.
Was immer aus Sternenstaub entsteht,
kann sie sein.

Die Frau, die fliegt,
ist Jungfrau, Mutter, Hexe, Hure
und hört nie auf, Frau zu sein,
die liebt.

Kapitel 24

Gerade hat Toni ihr Handy aus der Tasche geholt, um Mascha anzurufen, als auf dem Display Thilos Name erscheint. Es ist ungewohnt, ihn dort zu sehen, erinnert sie aber daran, dass sie geschätzte Fähigkeiten und so etwas wie eine Zukunft hat.

„Toni, wo *bleibst* du?" Thilo seufzt dramatisch. „Ist dir entgangen, dass heute die erste Bühnenprobe stattfindet? Oder hast du einfach keine Muße, dabei zu sein?"

„Nein. Ich meine, ja! Ich mach mich sofort auf den Weg."

Auf einmal stoppt ein Auto neben ihr. „Toni- Antonia?"

„Was?" Sie wirbelt herum, ein Piepen im Ohr, das ihr verrät, dass Thilo Feldweiser bereits aufgelegt hat.

„Musst du in die Stadt?", fragt Daniel durch die heruntergelassene Scheibe. „Dann steig ein, ich nehme dich mit. Bitte", setzt er kleinlaut hinzu.

Toni wirft einen Blick auf die Uhr. Der nächste Bus fährt erst in einer Stunde. Eine Stunde, in der sie auf dem Bürgersteig auf und ab gehen und beim Warten auf wässrige Gedanken kommen würde. War es richtig, was sie getan hat? Kann sie in Zukunft wirklich darauf verzichten, im Haus ihrer Eltern willkommen zu sein? Macht es ihr ehrlich nichts aus, dass ihre Schwester nie wieder ein friedliches Wort mit ihr wechseln wird?

Schnell steigt sie neben Daniel auf den Beifahrersitz. „Wieso fährst du in die Stadt?"

Ein Schweigen beginnt, das Toni nicht zu brechen wagt. Daniels Hemd ist verschwitzt, sein Unterkiefer arbeitet und sie spürt, wie er im Stillen nach den richtigen Worten gräbt. Er fährt abwechselnd zu schnell und zu langsam, überholt und lässt sich überholen, als könne er sich nicht entscheiden, ob er sein Ziel wirklich erreichen will. Das Schweigen dauert lange. Bis er sich endlich räuspert und herausbringt: „Ich... fahre zu Mascha. Sie soll es von mir erfahren. Würdest du mir diesen einen Gefallen erweisen und... mich mit ihr reden lassen?"

„Du glaubst, darauf falle ich herein?", erwidert Toni ausdruckslos.

„Nein! Das ist kein Trick. Bitte." Er stößt einen Laut aus, der an einen sterbenden Bären erinnert. „Ich kenne Mascha jetzt seit vier Jahren. Seit die Firma sie eingestellt hat und wir zusammenarbeiten. Sie...", wieder ringt er mit sich, „ich dachte, es wäre mir genug, bloß ein bisschen mit ihr zu flirten. Das klingt für dich jetzt sicher, als sei ich ein selbstzufriedenes Arschloch, aber sie ist nicht die einzige Kollegin, mit der ich ein Verhältnis hätte haben können. Es stehen noch andere in den Startlöchern und Mascha weiß das. Ich hätte das nicht ausnutzen sollen. Sie ist... sie ist eine Klassefrau. Sagt man doch so?"

Toni verdreht geräuschvoll die Augen. „Und?"

„Wenn ich jetzt nicht zu ihr fahre, verliere ich sie."

„Du verlierst sie auch, wenn du ihr eine Aushilfsstelle als Affäre anbietest.

„Ja, ich weiß. Wenn Mascha mich will, trenne ich mich von deiner Schwester.“

„Wie bitte? War das gerade ein *Wenn*? Das ist ja super bequem für dich“, schnappt Toni.

In diesem Moment schreit Daniel: „Scheiße!“ Nicht, weil er Toni damit einzuschüchtern gedenkt. Nicht, weil ihm eingefallen ist, dass er einen Sohn hat, der nicht verstehen wird, wieso seine Eltern sich trennen. Er schreit „Scheiße!“, weil er gerade dabei ist, einen LKW zu überholen und auf der Gegenspur ein Van auf ihn zurast. Er tritt aufs Gas, eine Hupe brüllt und Toni befällt ein Déjà-vu, bei dem die Welt um sie zersplittert.

Als Daniel das Gaspedal durchtritt, ergeben sich genau zwei Möglichkeiten: Entweder wird der Schwung ausreichen, um im letztmöglichen Augenblick auf die rechte Spur zurückzukehren. Oder sie prallen mit Maximalgeschwindigkeit auf den Van und nehmen die entsetzten Gesichter der Familie, die sie auslöschen werden, als Brandzeichen auf der Netzhaut mit in die Hölle.

Irgendwo im Himmel schlägt ein Engel die ätherische Hand vors Gesicht und murmelt eine Unchristlichkeit in seinen Bart. „Warum mache ich das? Die sind nicht mal getauft. Gottverflucht sei mein Helfersyndrom.“ Und wie in Zeitlupe bremst er LKW und Van, hält die Zeit für den kaum merklichen Bruchteil eines Wimpernschlags an, in dem Daniel und Toni durch die rettende Lücke auf die rechte Spur sausen und dem Fegefeuer entgehen. Diesmal.

„Gott!“, schreit Toni.

„Ich werde sie heiraten!“, schreit Daniel.

Kapitel 25

Daniel chauffiert sie direkt bis zum Theater. „Ich kann dir gar nicht genug danken."

„Mach dir meinetwegen keinen Kopf", winkt Toni versöhnlich ab. „Du hast mir, ohne es zu beabsichtigen, sogar einen Gefallen getan. Aber wenn du es wagst, Mascha noch einmal ins Gesicht zu lügen, werden Julia und ich es wie einen Unfall aussehen lassen." Sie grinsen einander an und Toni erlaubt es sich, ihm zum Abschied zuzuwinken, während sie schon fliegenden Schrittes auf den Bühneneingang zueilt.

Zwar verliert Toni fünf Minuten dabei, dem Pförtner zu erklären, wer sie ist und wieso sie das Theater durch den Bühneneingang betreten will, spart die Zeit aber doppelt ein, indem sie seiner Wegbeschreibung folgt.

Scheinwerfer tauchen den Saal in weißes Licht und zeichnen Schatten auf die Leinwand, die die Bühne aus Sicht des Zuschauers in zwei Hälften teilt. Am Bühnenrand steht ein Klavier, aus dem der Korrepetitor eine Moll-lastige Melodie heraufbeschwört, während die Tänzer ihre Choreografie proben. Im Parkett steht Thilo Feldweiser und gestikuliert einer Frau zu, die die Inspizientin zu sein scheint. Gelassen fischt sie sich aus dem Redefluss des Regisseurs Informationen, die es wert sind, notiert zu werden.

Als er Toni entdeckt, winkt er sie zu sich und bevor sie Troja sagen kann, verdunstet schon ein Küsschen auf ihrer Stirn. „Hier, in der Mitte des ersten Akts müssen wir etwas umschreiben.“ Schon hält Thilo ihr das aufgeschlagene Libretto unter die Nase. Der gedruckte Text ist mit einer Flut von Kringeln, Strichen und Randnotizen verunstaltet. „Wieso ist Helena hier so patzig zu Paris? Das ganze Fest über schmachten sie sich an, aber als sie endlich das erste Mal allein sind - ‚Zweifelhafte Würde, die dein Blick mir gibt‘“, liest Thilo. „Was soll das? Da muss mehr Pathos rein, mehr Hoffnung, mehr freudvolle Erwartung.“

„Wieso?“

„*Wieso*?“ Der Regisseur starrt Toni an, als habe sie vorgeschlagen, die Bühne in Brand zu stecken. „Es ist eine Liebesgeschichte! Liebe auf den ersten Blick hört sich anders an.“

„Sie hat Angst. Ist das nicht folgerichtig? Was hat Helena in ihrem Leben erfahren von den Männern, die behaupteten, sie zu lieben? Zwang, Entführung, Entmenschlichung. Die mächtigsten Könige der Welt führen sich in ihrer Gegenwart auf wie Schweine und rechtfertigen es mit Helenas Schönheit. Wie soll sie wissen, ob Paris in ihr etwas anderes sieht als eine Trophäe, die man an sich reißt, weil die Gelegenheit gerade günstig ist? Woher soll sie das Vertrauen nehmen, sich einzugestehen, was sie fühlt?

Das Publikum, wenn es nur mit einem Tropfen Empathie gesegnet ist, wird in dieser Angst die Liebe erkennen. Sie beweist, wie groß Helenas Sehnsucht ist. Wie schmerzlich die Hoffnung, die sie sich nicht erlaubt. *Das* ist für mich groß. Großes Theater. Kein schnulziges Gesäusel." Beinahe ist Toni selbst überrascht, wie leicht ihr das alles von den Lippen fließt. Als habe sie Helenas Tagebuch gelesen, das sie vermutlich nie geschrieben hat, weil Frauen im Antiken Griechenland nur in den seltensten Fällen das Schreiben lernen durften – und weil Helena ein Mythos ist.

„Ach", sagt Thilo wenig überzeugt.

Plötzlich schaltet sich die Inspizientin ein: „Du bist ein Mann. Niemand erwartet, dass du das verstehst."

Der Regisseur holt empört Luft, doch sie dreht sich auf dem Absatz um und marschiert aus dem Saal. So prallt Thilos pikierte Stimmung gegen Toni: „Bilden diese Feministinnen sich ein, wir Männer bestünden aus seelenlosen Hüllen, in die nur Pornos, Bier und Bundesliga hineinpassen?"

„Nein. Aber ich habe den Eindruck, manche Männer bilden sich das ein", entgegnet Toni.

„Ich habe schon Inszenierungen geleitet, als du das erste Mal mit der Schulklasse im Kindertheater warst, junges Fräulein! Ich habe mit Bühnenstars zusammengearbeitet, die du niemals kennenlernen wirst. Nicht deiner Schreibe wegen, sondern weil du keine Disziplin kennst. Du denkst, du hättest die gesamte Arbeit allein erledigt, der Text sei das Allerwichtigste und der Rest reine Formsache. Du träumst davon, Künstlerin zu sein, die Allüren haben kann und der man sowas durchgehen lässt. Aber in Wirklichkeit ist es so: Wenn ich sage, der Text wird überarbeitet, dann nimmst du das Libretto und streichst die nötigen Passagen, egal wie genial sie dir vorkommen mögen."

„Ich habe mir dieses Stück nicht aus den Rippen geschnitten, um es jetzt den Geiern vorzuwerfen. Es ist gut, ich weiß ganz genau, dass es gut ist."

„Siehst du, das meine ich. Kein Bisschen kooperativ. Du bist die Autorin, ich bin der Regisseur. Basta. Und nun, kleine Träumerin, müssen wir zum nächsten Tagesordnungspunkt übergehen, wir haben nämlich nicht ewig Zeit."

„Wir sind so weit", ruft es von der Bühne, „darf ich die Darsteller bitten?"

Der Korrepetitor greift von Neuem in die Tasten, Thilo ruft: „Auftritt Helena und Paris!" und Celine tritt synchron mit einem anderen Schauspieler aus dem Schatten hinter der Bühne. Ihre Bewegungen fließen an einem unsichtbaren Band dahin. Obwohl sie Hosen trägt, kann Toni förmlich den Saum eines blütenweißen Kleides sehen, das ihre Knöchel umschwingt. Sie stellt sich vor, wie Celines Haar sich aus ihrem Zopf löst und sich stattdessen offen und weich an ihren Hals schmiegt.

Celines Bühnenpartner nähert sich von der entgegengesetzten Seite. Während sie sich den

Annäherungsversuchen des Tänzers zu entziehen versucht, gibt Paris sich ganz der Bewunderung hin, die die Tänzerin für ihn spielt.

Der Ballettmeister klatscht dazwischen. „Einfrieren, bitte! Kriegen wir es hin, dass Paris...", und er leitet den Darsteller an, wie der die Tänzerin bei der Taille fassen muss, damit sie in seinen Armen eine Pirouette vollführen und sich an ihn schmiegen kann.

Unterdessen ruft Thilo: „Und Helena schaut bitte weniger wie ein verschrecktes Reh und mehr wie die begehrenswerte Frau, die sie ist!"

„Aber aus dem Text geht hervor, dass das Fest ihr nicht geheuer ist", widerspricht Celine.

Toni will ihr beipflichten, doch Thilo ignoriert die Kritik: „Nochmal! Und – Auftritt!"

Die Szene beginnt von vorn. Diesmal gibt die Tänzerin wie geplant den Kreisel für Paris.

Celines Schritte sind kraftvoller als beim ersten Mal, sie fixiert den Tänzer, der stellvertretend für alle Männer auf dem Fest steht, mit einem anderen Blick. Eine femme fatale, die bereit ist, es mit jedem aufzunehmen. Eine Frau, die um ihre Schönheit weiß und auf dem schmalen Grat zwischen Faszination und Gefahr balanciert.

„Stop!", ruft Thilo. „Paris, ganz wunderbar. Aber was auf der anderen Seite der Bühne vor sich geht, gefällt mir nicht. Vorhin ist Helena aufgetreten, als wolle sie jeden

Augenblick in Ohnmacht fallen. Jetzt wirkt sie wie die Zicke vom Dienst. Gibt es denn nichts dazwischen?"

„Was meinst du?", fragt Celine. „Was ist dazwischen?"

„Eine schöne, unkomplizierte Frau. Eine, in die Paris sich verlieben kann und die sich von ihm entführen lässt. Weder ein Mäuschen noch eine Amazone. Sie soll schon selbstbewusst sein, aber nicht anstrengend."

„Wenn ich das Libretto richtig gedeutet habe", gibt Celine zurück, „fürchtet sie sich davor, angestarrt zu werden. ‚Wie brennt der Neid, den Frauen mir vor die Füße gießen, da jeder Mann mit Blicken mich begehrt. Mit falschem Lächeln werde ich gepriesen, aber durch giftlüsterne Augen hießen sie mich bluten, wäre die Macht ihnen gewährt.' Sie hat genau zwei plausible Möglichkeiten, darauf zu reagieren: Entweder flieht sie vor der Missgunst und Lüsternheit der Massen oder sie trotzt dem allem mit Stolz."

„Den Text ändern wir noch", winkt Thilo ab. „Auf Anfang!"

„Wer will den Text ändern?" Während die Tänzer sich in die Ausgangsposition begeben und Paris sich wieder an den Bühnenrand zurückzieht, rührt Celine sich nicht vom Fleck. „Die ganze Liebesgeschichte hängt daran, dass Paris ihren Schmerz respektiert und sie ihm ihr Vertrauen schenkt. Was wäre das wert, wenn es die Angst zu Beginn nicht gäbe? Du kannst das nicht einfach streichen."

„Herr im Himmel! Können wir jetzt proben oder wollen heute alle meine Entscheidungen infrage stellen?" Thilo wedelt aufgebracht mit dem Libretto in der Luft herum, doch Celine gibt sich noch nicht geschlagen.

„Was, wenn Helena nicht diese herausragende Schönheit besäße? Von ihr würde nichts übrigbleiben. Kein Konflikt, kein besonderes Merkmal, gar nichts. Sie wäre so interessant wie ein Pflasterstein. Tonis Text schafft es, Mitgefühl für die Figur zu erzeugen und ihr Tiefe zu geben. Sie schafft es, eine weibliche Urangst zu thematisieren, die sämtliche Frauen im Publikum nachvollziehen können."

„Auf Anfang bitte, und diesmal will ich weder eine empfindliche noch eine zickige Helena sehen."

„Thilo, hast du mir eben zugehört?"

„Es reicht! Ich habe deutlich gemacht, was ich erwarte. Wenn Helena nun die Güte besäße...?"

Wortlos tritt Celine ab. Toni kann sehen, wie es in ihr arbeitet.

Als der Korrepetitor seine Weise zu spielen beginnt, rollt die Szene sich erneut auf, aber etwas fehlt auf der Bühne.

„Helena, zu spät!", ruft Thilo. „Sie tritt synchron auf mit... aber wo ist sie hin? In was für einer Zeit leben wir, in der die Darsteller es wagen, in Streik zu treten, wenn ihnen etwas nicht passt!"

Zu behaupten, dass Toni sportlich sei, wäre gelogen. In der Schule schnitt sie im Sportunterricht immer mittelmäßig ab, wenn es um Disziplinen ging, die mit Springen zu tun hatten. Nur beim Ausdauerlauf holte sie noch schlechtere Noten als beim Hoch- und Weitspringen. Dementsprechend überrascht ist sie über sich selbst, als es ihr mühelos gelingt, die ersten beiden Sitzreihen zu überspringen - nicht auf einmal, sondern nacheinander, versteht sich - und mit einem Satz die Bühne zu erklimmen.

„Wer ist das?", fragt der Korrepetitor.

„Autorin." Murmelt jemand.

Sie nimmt sich nicht die Zeit, sich umzudrehen und richtigzustellen, dass sie Poetin ist, nur das und nicht mehr. Stattdessen hastet sie an Ballettmeister und Tänzern vorbei. Zwei Schauspieler, die Menelaos und Odysseus besetzen, warten hinter der Bühne auf ihren Einsatz. Als Toni herbeistürzt, drückt Menelaos unauffällig seine Zigarette aus.

„Wo ist Celine?" Toni nimmt die Verfolgung in der Richtung auf, in die Odysseus deutet. Sie lässt einen Gang hinter sich, gelangt an eine Treppe, entscheidet, nach oben zu steigen, entdeckt weitere Gänge, dreht sich einmal um sich selbst und verliert binnen Minuten völlig die Orientierung. Na prima. Irgendjemand wird ihr Gerippe einst zwischen den Requisiten ausgraben. Vielleicht wird ihr Schädel einmal in einer Inszenierung von *Hamlet* auftreten.

Kapitel 26

„Was machst du denn hier?“ Auf einmal steht Celine am anderen Ende des Flurs, ihren zusammengeknüllten Mantel im Arm. „Falls du auf der Suche nach dem Ausgang bist, darfst du mich begleiten. Ich bin auf dem Weg dorthin.“

„Warte!“

Celine, bereits zum Gehen gewandt, hält inne. „Es gibt nichts mehr zu bereden, Toni. Ich war eine Idiotin. Ich habe geglaubt...“ Sie kapituliert vor dem Beben in ihrer Stimme.

„Was willst du jetzt unternehmen?“

„Am liebsten will ich jetzt einschlafen und erst in zwanzig Jahren wieder aufwachen.“ Ihr Handrücken schnellt hoch zu ihrer Wange, um trotzig eine Träne fortzuwischen.

„Ich liebe dich.“ Das ist nicht das Klügste, was Toni vorzubringen hat, aber es ist die Wahrheit. Es ist Sommerschauerliebe, die ihr keine Wahl lässt.

Eigentlich müsste Celine davon beeindruckt sein, sich Toni in die Arme werfen und ihr schluchzend gestehen, ihr Leben lang auf eine Liebeserklärung wie diese gewartet zu haben. Aber eine augenscheinlich höchst unbeeindruckte Celine strafft stattdessen die Schultern und geht festen Schrittes davon. Toni muss einen kurzen Sprint einlegen, um zu ihr aufzuschließen.

„Du hast dich kein einziges Mal bei mir gemeldet. Wochen lang höre ich nichts von dir. Was bewegt dich dazu, hier aufzukreuzen und mir ins Gesicht zu lügen, du würdest mich lieben? Ist das eine Art Ego-Trip? Magst du mich jetzt gerade, weil ich mich für deine Texte eingesetzt habe?"

„Nein."

„Was erwartest du denn, von mir zu hören?"

„Im Idealfall etwas wie: ‚Ich liebe dich auch.' Du hast mich geküsst."

„Vergiss den Kuss", schnappt Celine kalt, „ich habe schon hunderte Menschen geküsst und es hatte keine Bedeutung."

„Wie viele hast du auf *diese* Art geküsst?"

Celine gefriert mitten in der Bewegung, sodass Toni sie unfreiwillig überholt. „Du bist von der gleichen Sorte wie Thilo. Ihr nehmt was ihr kriegen könnt und erinnert euch nur daran, was euch gegeben wurde, wenn ihr noch mehr davon haben wollt. Wir dummen Normalsterblichen sind auf eure großzügige Laune angewiesen. Sucht euch eine andere für dieses Spielchen. Mir steht's bis hier."

„Wieso vergleichst du mich mit Thilo?" Eine böse Ahnung schleicht sich von hinten an Toni heran. „Du... ihr habt doch nicht..."

„Du warst verschwunden, ich dachte du meldest dich nie wieder bei mir! Und wenn, dann doch nur gegen Geld." Einen Augenblick lang fällt Celine aus ihrer abgeklärten Rolle und sinkt ein Stück in sich zusammen. „Ich wollte mich von dir ablenken, nicht mehr nur eine von vielen sein."

„Du hast mit ihm geschlafen?"

Sie wendet den Blick ab. „Nicht so richtig. Wir waren uns einfach näher, als wir sollten. Dieses verdammte Stück - ich war so stolz darauf, die Hauptrolle zu spielen. Ich dachte, wir machen daraus gemeinsam etwas ganz Besonderes. Aber dann warst du fort und so, wie Thilo mich bei den Proben behandelt...", sie schüttelt den Kopf, als wolle sie etwas daraus vertreiben, „ihr habt es beide fertiggebracht, mich zu täuschen. Bravo, ich applaudiere."

„Warte", bittet Toni, als Celine mit versteinerter Miene ihre Flucht fortsetzen will. „Ich konnte dich nicht anrufen, weil ich nie die Telefonnummern der Frauen speichere, die mich buchen. Keine davon habe ich jemals aus eigener Initiative kontaktiert. Aus Prinzip nicht. Bis ich dich kennenlernte, hatte ich auch nie das Bedürfnis." Sie biegen in den Gang ein, der zu beiden Seiten mit Requisiten vollgestopft ist. Der Alptraum eines jeden Brandschutzprüfers. Toni muss rückwärts vor Celine hergehen, weil für sie beide nebeneinander kein Platz mehr ist. Das Gehen mutiert dabei zu einem albernen Hüpfen, denn Celine legt das Tempo einer aufgescheuchten Antilopenherde an den Tag. „Außerdem musste ich einen Fehler ausbügeln, der meine beste Freundin dazu gebracht hat, sich in den falschen Mann zu verlieben. Darum hatte ich auch keine Gelegenheit, zu dir zu fahren. Vorhin habe ich meinen Eltern gestanden, dass ich eine Prostituierte bin und ich glaube, sie wollen mich niemals wiedersehen."

„Hast du nicht mal übergroßen Wert darauf gelegt, keine Prostituierte zu sein?"

„Es hat mich verletzt. Weil ich mich selbst durch die Augen meiner Eltern gesehen habe. Es tut mir leid."

„Das kann ich mir vorstellen, dass es dir jetzt leidtut. Aber für eine Entschuldigung ist es zu spät. Du kannst mit Thilo, diesem Stück und irgendeiner anderen zickigen Helena glücklich werden."

„Celine, bitte. Das ist nicht, was du wirklich wi..." Die Luft entweicht mit einem verkorksten Glucksen aus Tonis Lungen, als sie rücklings mit einer Wand zusammenstößt. Ein paar Aufsteller aus Pappe und dünnem Sperrholz krachen über ihr zusammen. Als sie sich von dem Schreck erholt hat und aufblickt, bemerkt sie, dass Celine stehen geblieben ist.

„Ich habe Zeit gebraucht, um mich zu verändern. Es hat Wochen gedauert, bis ich den Mut gefunden habe, es mir selbst einzugestehen: Ich will bei dir sein. Immer. Mein erster Gedanke vor dem Einschlafen, nach dem Aufwachen und der Traum dazwischen bist du. Nach unserem Kuss habe ich jeden Tag gehofft, du würdest anrufen und mich einladen, zu dir zu kommen. Nur den ersten Schritt zu machen, habe ich mich nicht getraut." Toni zieht sich an einem bemalten Holzgestell hoch, um wieder auf die Beine zu kommen. „Ich glaubte, es gäbe da draußen keine Frau, die mich so ertragen kann, wie ich bin."

Diesmal wischt Celine sie nicht fort, als eine Träne über ihre Wange rollt. „Glaubst du, ich kann es?"

„Es gibt nichts, was ich mir mehr wünsche. Außer, eines Tages einen Preis für die besten Gedichte der Welt zu gewinnen."

Gegen ihren Willen muss Celine kichern. „Ganz die bescheidene Poetin."

„Verzeihst du mir?", fragt Toni und nähert sich mit vorsichtigen Schritten, als sei Celine ein Reh, das bei der geringsten ruckartigen Regung den Rückzug antrete.

„Niemals", wispert Celine, „wenn du mich nicht sofort in den Arm nimmst."

„Darf ich denn?"

„Nur, um herauszufinden, wie es sich anfühlt."

Wie an einer unsichtbaren Schnur wird Toni durch den Requisitenwald hindurch zu Celine gezogen. Kein Publikum ist da, um für sie den Atem anzuhalten. Kein Scheinwerfer bringt sie zum Schwitzen, nur die Neonröhre, die schon über ihrem letzten Kuss hing, kann ein gespanntes Klicken nicht zurückhalten.

„Ich habe nie vergessen, wie es sich angefühlt hat", sagt Toni und umschlingt Celine so besitzend wie noch keinen Menschen zuvor. Mit dieser Frau kann sie sich alles vorstellen: durchrauschte Nächte in verschwitzten Laken. Schweigende Abende bei Wein, Kuschelsocken und Musik. Belebte Tage, an denen sie gemeinsam Celines Sprechteil einstudieren. Ihr eine Wärmflasche bringen, wenn sie ihre Periode hat und ihre von Schüttelfrost glühende Stirn küssen, wenn sie fiebert. Streitigkeiten über einen Vers, ein Wort oder ein Komma. Sich um den letzten Keks balgen. Hand in Hand an einem Parteistand der Konservativen vorbeigehen. Ihr im Sommer den Rücken mit Sonnencreme einreiben und im Winter literweise Ingwertee kochen, um ihre Stimme für die nächste Aufführung fit zu machen. Eine Einladung ihrer Eltern zum Kuchenessen ausschlagen, um am selben Nachmittag in einem Café Kuchen essen zu gehen. Mit Rainy und Julia zu viert durch die Bars ziehen. Ihre gemeinsame Wäsche waschen, dabei versehentlich die Slips vertauschen, streiten, vertragen, lieben. Noch mehr leidenschaftliche Nächte und Tage.

„Was, wenn wir einander wehtun?", nuschelt Celine an Tonis Schulter.

„Das haben wir doch schon."

Diesmal fühlt es sich anders an, als sie sich küssen. So als habe Gott die Welt in einen Mixer gesteckt und volle Kanne aufgedreht. Toni steht im Mittelpunkt des Strudels. Sanfter Strom kribbelt unter ihrer Haut und Lichtpunkte funkeln hinter ihren geschlossenen Lidern. Celines Brustkorb presst sich bei jedem Atemzug enger an ihre Brust. Ihre Zunge, ihr Atem, ihre Nähe und das Feuerwerk in Tonis Innerem. Sonst nichts. Dieser Moment hat etwas von Ewigkeit – als würde die Zeit stehen bleiben, wenn sie sich unbeobachtet fühlt. Toni muss bloß die Augen lange genug geschlossen halten und sich ganz fest wünschen, dass es passiert. Wie bei einem Dornröschenzauber.

Weckt mich in hundert Jahren, wenn ich diesen Kuss ausgekostet habe.

Als Celines Lippen sich von ihr lösen, möchte sie aufschreien wie ein hungriges Baby, das man von der Brust der Mutter trennt. Bis ihr einfällt, dass sie diese Lippen von nun an immer küssen kann. Der Hunger macht es nur umso süßer.

Der Strudel stoppt, Tonis Welt purzelt aus dem göttlichen Mixer, in die sie geraten war, und setzt sich aus alten Zutaten neu zusammen.

Celine legt lächelnd ihre Stirn an Tonis Stirn. „Deine Wohnung ist von hier aus nähergelegen als meine."

„Das heißt, zu mir?"

„Zu dir. Jetzt."

Nachspiel

„Wann ich das letzte Mal im Theater war? Als ich noch jeden Tag Ställe ausgemistet und Turnierpferde ausgebildet habe, blieb mir keine Zeit für sowas."

„Und seit deinem... Ruhestand? Warum gehst du seitdem nicht öfter aus?"

„Darum", sagt Adelheid, als sie vor der Stufe ankommen, die Menschen im Vollbesitz ihrer Gliedmaßen für gewöhnlich ohne nachzudenken übertreten, um ihre Sachen bei der Garderobe abzugeben.

„Warte kurz." Toni hilft Adelheid aus ihrer Winterjacke und reiht sich in die Schlange der Wartenden ein. Vor ihr steht ein älteres Ehepaar, das gerade das Programmheft studiert.

„Hier schreiben sie, Thilo Feldweiser habe letztes Jahr extra seinen Vorsitz bei den Salzburger Festspielen auf Eis gelegt, um sich der Inszenierung dieses Stücks zu widmen." Die Frau fährt mit einem hübsch manikürten Zeigefinger durch die Zeilen. „Libretto: Antonia Schwegler. Hast du den Namen schonmal gehört? Bestimmt ist es ihre erste Zusammenarbeit mit dem Theater."

‚Aber nicht ihre letzte', denkt Toni und grinst bis über beide Ohren.

Sie hat Platz eins für sich reserviert – ganz rechts außen in der ersten Reihe – damit Adelheid neben ihr sitzen kann. Als sie das Parkett betreten, winken Julia und

Rainy, die sich direkt hinter ihnen platziert haben, aus der zweiten Reihe.

„Ich bin so hibbelig, als wäre es meine Premiere. Oder Uraufführung oder wie das heißt." Julia streckt ihre Hand aus, um zu beweisen, wie sehr sie zittert.

„Wie geht es Celine? Ist sie sehr aufgeregt?", fragt Rainy.

„Ehrlich gesagt habe ich keine Ahnung. Sie hat mir unter Androhung von Liebesentzug verboten, hinter die Bühne zu kommen." Toni zwinkert. „Und ihr wisst ja – Entzug ist die Hölle."

„Du wärst nicht so verzweifelt, wenn du deinen süßen Arsch häufiger bei mir verausgaben würdest", meint Adelheid, woraufhin Rainy sich beinahe den Unterkiefer ausrenkt.

„Gestatten, Adelheid. Meine Lieblingskundin." Toni schiebt Rainys heruntergeklappte Kinnlade wieder in Position. „Wisst ihr, ob... ich meine, ob Mascha...?"

Ratlos hebt Julia die Schultern. „Ich habe die Information vorsichtig zu ihr durchsickern lassen, aber sie hat nicht darauf reagiert. Nur der Weihnachtsmann weiß, ob sie kommt."

Toni nickt und schluckt einen Frosch im Hals herunter. Seit der Geschichte mit Daniel hat Mascha auf keinen ihrer Anrufe und keine SMS reagiert. Einmal fuhr Toni mit dem Bus zu ihrer Wohnung, um sie um Verzeihung zu bitten, aber Mascha dachte nicht daran, ihr die Tür zu öffnen, sondern ließ Toni unverrichteter Dinge wieder von dannen kriechen.

Rainy legt ihr eine Hand auf die Schulter. „Sie wird dich verstehen, da bin ich mir sicher. Lass ihr bloß etwas Zeit."

„Ich habe wirklich versucht, es ihr zu erklären", fügt Julia entschuldigend hinzu. „Aber sie sagt immer, sie wisse schon bescheid und wechselt dann das Thema, so als hätte ich nie davon angefangen."

„Schon gut." Toni versucht ein Lächeln. „Wenigstens begehe ich so einen Fehler kein zweites Mal."

Mit einem surrenden Laut kündigt die Klingel den Beginn der Vorstellung an. Alle richten sich auf ihren Plätzen ein, die letzten Ankömmlinge schieben sich unter Pardon-Gemurmel durch die dicht besetzten Reihen und das Licht im Zuschauerraum erlischt.

Eine Schwingung, die in der Magengrube prickelt, flutet durch den Saal, als die Musiker der Big Band auf die Bühne kommen und gemeinsam eine rockige Ouvertüre anstimmen. Sobald der erste Ton verklingt, hebt sich der Vorhang und - da ist sie. Celine, in eben dem weißen Kleid, das Toni in ihrer Fantasie schon so oft an ihr sah. Ihre Augen strahlen unter einem aquamarinblauen Lidstrich, während der Rest ihres Gesichts von einem weißen Schleier verdeckt wird. Ihr blondes Haar ist mit zahlreichen Haarteilen zu einer griechischen Frisur verschmolzen, die in fulminanten Wellen über ihre Schultern fließt. Sie blickt ins Leere während Menelaos ihr einschärft, auf keinen Fall den Schleier abzunehmen, wenn sie auf dem Fest am Abend seinen hochwohlgeborenen Gästen gegenübertritt.

„Ich bin kein Bauer, der es nötig hat, zu prahlen.
Dass du die Höchste aller Weiber bist, ist weit bekannt.
Soll reichen, wenn sie deinen Wuchs erahnen;
es fehlte noch, verfiele einer deinem Bann."

„Jawohl, Gebieter", antwortet Helena auf alles, die Augen kühl in die Ferne gerichtet.

„Sie ist wunderschön", raunt Rainy.

„Pst!", zischt jemand.

Toni versinkt in Celines Gesten, dem Klang ihrer Stimme und der Präsenz, mit der sie die Bühne zu ihrer eigenen macht. Wie im Anblick eines Gemäldes, das man stundenlang betrachten möchte. Von dem, was gesprochen wird, bekommt Toni nichts mit, schließlich kennt sie den Text in- und auswendig.

Bis das erste Freispiel an der Reihe ist. Die Musiker der Big Band nehmen sich zurück, bis nur noch das Klavier zu hören ist. Für die Darsteller das Zeichen, dass sie nun improvisieren können. Eingerahmt werden sie von den zwei Tänzern, die jeweils auf Paris' und Helenas Seite die Emotionen der Hauptdarsteller durch ihren Tanz spür- und sichtbar machen.

Es ist die Szene, in der der Schleier zwischen den Liebenden fällt und sie sich das erste Mal bei den Händen halten werden. Die Bühne ist in blaues Licht getaucht, weiße Spots richten den Fokus auf die Tänzer. Helena und Paris sind Schatten, die sich der Grenze in der Mitte der Bühne nähern, hadernd davonfliegen und wieder dahin zurückzukehren, bis sie es wagen, die Hände naheinander auszustrecken und sich gegen diese Grenze aufzulehnen.

In diesem Augenblick gibt die Inspizientin den Bühnentechnikern das Zeichen, den dünnen Vorhang zurückzuziehen. Ein Ruck geht durch den dünnen Stoff, bevor er flatternd im Dunkeln verschwindet. Helena und Paris stehen sich gegenüber. Doch als er die Hand ausstreckt, um die Verschleierung von ihrem Gesicht zu lösen, wendet sie sich ab.

„Schau nicht hin, mein Liebster, mein Tyrann..."

Obwohl es Stunden in Anspruch genommen hatte, Thilo davon zu überzeugen – erst recht, nachdem Celine bei der Probe so frech von der Bühne marschiert war – hatte auch der Regisseur schließlich eigesehen, dass es besser war, den Text weder zu kürzen noch durch eine schmalzigere Version seiner selbst zu ersetzen.

Die Tänzer im Hintergrund haben zusammengefunden und beginnen gemeinsam eine gefühlvoll einstudierte Choreografie. Alles passt so hervorragend zusammen, dass Toni ein paar Freudentränen kommen.

Kein Räuspern, kein Flüstern, kein einziger Laut dringt aus dem Publikum. Für Toni rafft sich die Zeit, so als erlebe sie das ganze Stück innerhalb eines Augenaufschlags. Gebündelte Intensität. Als die Big Band wiedereinsetzt und die Musik das Finale des Stücks untermalt, pocht ihr Herz so stark, als wolle es ihr von innen die Rippen brechen. Das Stück ist ein vollendetes Kunstwerk aus unendlich vielen Komponenten, allen voran Celine.

Die Art, wie sie sich in Paris' Armen fallen lässt, während sie sich küssen, erinnert Toni an die volle, ungefilterte Leidenschaft, die sie gemeinsam erlebt haben und immer wieder neu erleben. Dennoch verspürt sie keine Eifersucht, denn anstatt diese Leidenschaft auf ihren Schauspielpartner übergehen zu lassen, wie Menschen es tun, wenn ihre Körper verschmelzen, kreist Celines Energie um sich selbst und erzeugt ein Spiegelbild des echten Gefühls.

Plötzlich verlässt Celine die Bühne, das Publikum um Toni gerät in Bewegung, Menschen erheben sich von ihren Plätzen. Klatschen, begeisterte Rufe. Die Band verneigt sich, dann die Tänzer. Toni erwacht aus ihrer Hypnose und springt auf, um wie alle anderen stehend in den Beifall einzustimmen.

Als Helena und Paris Hand in Hand auf die Bühne kommen, ihre ineinander verschlungenen Fäuste in die Luft strecken und sich verneigen, brüllt Rainy mit einer Stimme, die größer ist als sie selbst: „Bravoooo!"

Thilo Feldweiser gesellt sich zu den Darstellern auf die Bühne, die Musiker werden beklatscht, Blumen werden überreicht und das Publikum untermalt alles mit dankbarem, tosendem Applaus, bis der Vorhang fällt und die ersten Damen ihre Handtaschen schultern.

„Bring uns schleunigst hier raus, bevor die uns den ganzen Prosecco wegsaufen", sagt Adelheid. Ihre Stimme ist es, die Toni wieder in der Wirklichkeit begrüßt.

„Toni!" Aufgeregt tippt Rainy ihr auf die Schulter.

„Mein Verdienst war der aller geringste. Du solltest Thilo und den Darstellern gratulieren, nicht mir."

„Das ist es nicht. Da vorne ist Mascha. Ich habe sie gerade aus dem Saal gehen sehen."

„Na los." Adelheid versetzt ihr einen Klaps gegen den Oberschenkel, als Toni sie ratsuchend anblickt. „Du willst doch nicht schon wieder eine Gelegenheit verschenken. Oder, Kindchen?"

Mit dem Rückenwind der Bestätigung spurtet Toni los, so schnell es ihr in der zähen Menschenmenge möglich ist, ohne dabei jemanden grober anzurempeln als nötig. Bestimmt wird Mascha sich ohnehin in die Schlange vor der Garderobe einreihen. Doch als Toni dort ankommt, kann sie Maschas wippende Locken nirgendwo entdecken. Da ist keine Schlange. Anstatt ihre Sachen zu holen, haben die Leute sich im Foyer versammelt.

Toni kreist um die eigene Achse, springt zwei, drei Mal in die Höhe, um die Menge überblicken zu können. Doch abgesehen von ein paar Menschen, die verständnislos den Kopf darüber schütteln, entdeckt sie nichts.

„Meine verehrten Damen und Herren, Herren und Damen", tönt Thilos Stimme gediegen durch die Räume, „ich meine, für das gesamte Ensemble sprechen zu dürfen, wenn ich Ihnen von Herzen für Ihr Kommen und für die überwältigende Resonanz danke. Wir würden uns freuen, gleich hier im Foyer mit Ihnen anstoßen zu dürfen."

Kellner verteilen gefüllte Sektgläser von Tabletts, während Thilo mit einem Mikrophon auf dem Treppenabsatz steht und seine Rede schwingt. Ein wohlwollendes Lachen geht durch die Reihen, aber Toni hat nicht mitbekommen, was so lustig war, denn am anderen Ende des Foyers hat sie Mascha entdeckt, die auf den Ausgang zusteuert. Sie ist zu weit entfernt und die Leute versperren Toni den Weg – aber sie kann sie nicht so gehen lassen. Wenn Mascha jetzt verschwände, ohne sich überhaupt zu ihrer einstmals besten Freundin umzusehen, würde es sich anfühlen, was wäre alles umsonst gewesen. Die selbstgewählte Exkommunikation aus ihrer Familie, der Erfolg dieses Theaterstücks und die vielen dunklen Heißen Schokoladen in ihrem gemeinsamen Lieblingscafé.

Sie taucht in den Pool aus Menschen und schwimmt bis zur Treppe, die hinauf auf die Ränge führt. Thilo ist gerade dabei, die harmonische Zusammenarbeit mit allen beteiligten Künstlern zu loben, als Toni ihm das Mikrofon aus der Hand reißt.

„Mascha, bitte bleib noch, ich hab dir so viel zu sagen! Es tut mir unendlich leid. Ich hätte sofort ehrlich zu dir sein sollen. Bitte, bitte geh jetzt nicht, ich krieche vor dir zu Kreuze, wenn du willst, lass mir die Haare lang wachsen, trage nur noch rosa und studiere BWL, wenn du es verlangst. Nur, bitte..." Die Leute tuscheln. Jeder zuckt mit den Schultern. Sogar die Kellner halten inne, um Toni unverblümt anzustarren. „Tut mir leid. Äh..."

Von irgendwo ganz hinten winkt jemand ihr zu und Toni fällt ein Felsen vom Herzen, als sie erkennt, dass es Maschas Hand ist, die peinlich berührt in der Luft herum wedelt. Schnell drückt sie Thilo das Mikrophon wieder in die Hand und umrundet die Menge. Hunderte Augenpaare folgen ihr, als würde sie auf einem Floß über einen Fluss voller Alligatoren schippern.

„Hm, ja. Künstler eben", räuspert sich Thilo. „Unsere Librettistin haben sie nun kennengelernt. Cheers."

Mascha ergreift Tonis Hand, um sie hinter sich her zum Ausgang zu ziehen. Es tut so gut, wieder Maschas Hand zu halten.

„Ich wollte dich unbedingt um Entschuldigung bitten", platzt es aus Toni heraus, als der Januarabend sie empfängt.

„Aber doch nicht vor allen Leuten."

„Du warst schon so gut wie draußen und ich hätte dich nicht einholen können."

Mascha seufzt eine Wolke in die Kälte. „Willst du mich

nicht fragen, wie ich das Stück fand? Gut. Es war großartig. Du kannst stolz auf dich sein."

„Verzeihst du mir?"

Hinter ihnen öffnet sich die Tür und spuckt ein paar Theatergäste aus.

„Sagen wir mal, du hättest diesem Mann nicht das Mikro stehlen müssen", lächelt Mascha, „ich hatte ohnehin vor, hier zu warten, bis Daniel mit unserer Garderobe kommt."

„Hier, bitte, Schatz." Wie auf ein Stichwort tritt Daniel aus dem Off und legt ihr einen Mantel um die Schultern. „Oh, hallo Toni. Du solltest dir was überziehen."

Darauf fällt ihr erst einmal nichts Besseres ein, als ihn mit offenem Mund anzuglotzen wie eine Erscheinung. „Ihr seid... zusammen?"

„Ja, sind wir. Dank oder trotz dir. Egal." Geschossartig schließt Mascha Toni in die Arme. „Eigentlich hatte ich heute noch nicht vor, dir zu vergeben. Du könntest ruhig noch etwas zappeln. Aber ich vermisse dich und dieses wie-du-mir-so-ich-dir-Ding ist so albern. Obwohl, vielleicht sollte ich dich tatsächlich nur noch rosa tragen und BWL studieren lassen."

Daniel, der neben ihnen steht, schnaubt verächtlich. „Nicht einmal, wenn sie den Fidget Spinner erfunden hätte, hätte sie diese Strafe verdient."

„Aber dein Literaturstudium nimmst du wieder auf, ja?"

„Versprochen." Seit Toni und Celine sich eine Wohnung

teilen, sieht es in ihrer Haushaltskasse deutlich rosiger aus als zuvor. Sie können es sich sogar leisten, regelmäßig beim Thailänder um die Ecke zusammen essen zu gehen. Außerdem hat Celine nichts dagegen, dass Toni Stammkundinnen wie Tugce und Adelheid weiter bedient. Es ist eben ihr Job.

Neben den Scheinen, die sie in Adelheids Salon und Tugces Bett verdient, kommen in diesem Jahr sogar noch die Einnahmen aus dem Theaterstück hinzu.

„Dann gibt es wohl keinen Grund, dich nicht zu begnadigen.“ Mascha haucht ihr einen Kuss auf die Stirn. „Du bist schon eiskalt. Willst du hier draußen erfrieren oder lieber da drinnen mit deiner wunderschönen Freundin euren Triumph feiern?“

Die Vorfreude, Celines innigen Prosecco-Kuss zu empfangen und den Abend auf ihre eigene Art zu feiern, malt Toni ein Grinsen ins Gesicht. „Diesmal weiß ich ganz genau, was ich will.“

Danke

Dieses Buch darf nicht ohne Konfettiregen und Standing Ovation für Chantal Genoud enden, die Gründerin von Lesbian Chic. Sie ist eine kluge, inspirierende Frau, der ich die Grundstimmung für diesen Roman und noch viel mehr verdanke. Als wir uns zum ersten Mal trafen, war ich gerade am Boden. Chantal half mir, mich wieder aufzurichten und mit erhobenem Haupt weiterzumachen.

Ein Dank geht von Herzen an Ari und Mai, meine beiden geliebten Lichtgestalten, die *Die Frau die fliegt* zuerst gelesen und durch ihr Feedback sowohl beflügelt als auch besser gemacht haben.

Printed in Germany
by Amazon Distribution
GmbH, Leipzig

28216555R00118